BIBLIOTHÈQUE

CHOISIE.

Vol. CCCLXXXI.

LE
PAYS DE LA PEUR

PAR

A. DE GONDRECOURT.

II.

PARIS, 1861.

NAUMBOURG, CHEZ G. PAETZ, LIBRAIRE-ÉDITEUR.

LE PAYS DE LA PEUR.

LE PAYS DE LA PEUR

PAR

A. DE GONDRECOURT.

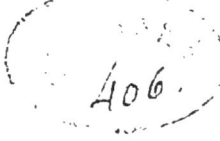

II

PARIS, 1861.

NAUMBOURG, CHEZ G. PAETZ, LIBRAIRE-ÉDITEUR.

X

(Suite.)

— En effet, ceci m'a paru singulier.

— Mon Dieu! j'aurais pu ajouter votre pré-
nom et dire la baronne douairière Véronique de
Gootlieben-Seelorf, mais c'eût été imprudent...

— Imprudent?

— Oui. Votre neveu et votre nièce ont cru
que je pouvais avoir été renseigné sur le nom
et le titre de la maîtresse d'une maison à laquelle je venais frapper, mais votre nom de bap-
tême ne court ni les rues du village ni la campagne, et...

— De qui le tenez-vous?

— Du baron Walter de Seelorf...

— Vous l'avez vu? s'écria le douairière trans-
portée de joie.

— Certainement.

— Où et quand?

— Oh! oh! par tous les saints et tous les

anges, nous ferions un rude chemin si je répondais net à vos questions.

— Faudra-t-il payer vos réponses ? —

— Mais oui, belle dame, assurément.

— Alors, faites votre prix.

— Diable ! vous êtes décidément beaucoup plus curieuse que je ne croyais. Accordez-moi deux minutes de réflexion.

Francis Klein se renversa sur le dossier de sa chaise, caressa complaisamment sa barbe postiche, et se mit à compter sur ses doigts.

XI

Francis Klein se donna grandement le temps de réfléchir ; puis, de l'air d'un homme qui se fait violence, il articula ces mots dont il semblait peser toutes les syllabes :

— Je n'abuserai pas de l'excellente situation que m'a faite le hasard. Pauvre comme Job, j'aurai le désintéressement d'un millionnaire. Donrez-moi l'hospitalité pendant trois ou quatre jours... il fait un horrible froid dans le pays. Nourrissez-moi passablement, faites-moi l'aumône d'une cinquantaine de francs, et je vous raconterai des choses assez extraordinaires...

— Je double le tout, sécria la baronne ; commencez, j'écoute.

— Bien ! fit le mendiant ; et il reprit tout aussitôt ; — Puisque vous avez daigné regarder le corridor pour vous assurer que nul n'écoute aux portes ; puisque nous voilà bien seuls et loin des indiscrets, nous avons, n'est-il pas vrai ? une rare et bonne occasion de nous parler à cœur ouvert... Mon Dieu ! ne vous offusquez pas de certaines allures de mon langage ; le respect qu'on doit aux femmes ne vaut pas la franchise qu'on doit à son prochain, et si je fardais mon discours, si je cherchais de jolies phrases, je ferais tort, peut-être, à la vérité, qui n'est jamais plus belle que toute nue...

— Il me semble que vous les cherchez en ce moment, vos phrases, et beaucoup trop pour un homme pressé de gagner son lit. Vous pouvez parler à votre aise, la forme m'importe peu, le fond seul m'intéresse.

— Et vous avez raison, Madame la baronne, car vous êtes personnellement au fond des laides choses dont je vais vous entretenir...

— Moi !

— Certainement. Écoutez bien : Vous n'aimez guère la baronne Arnold, votre nièce...

— Qui a dit cela ?

— Moi, et je ne suis, ici, qu'un tout petit écho de la publicité...

— De l'envie, de la calomnie...

— Bah! si vous persistez à garder votre masque, nous ne pourrons rien nous raconter. Je ne suis pas tout le monde, par conséquent ne prenez pas le souci de m'en faire accroire, ce serait peine perdue probablement. Votre nièce vous porte ombrage. Dire pourquoi me serait difficile, mais vous ne l'aimez pas, voilà qui m'est prouvé...

— Par qui? par quoi?

— Par mon ami le baron Walter de Seelorf. Ne m'en demandez pas plus long; nous nous engagerions dans un dédale de considérations rétrospectives, et vous avez hâte...

— Soit! interrompit brusquement la baronne. Admettons que je déteste ma nièce. Concluez, s'il vous plaît!

— Si vous détestez votre nièce, il en est d'autres qui la chérissent, et parmi ceux-là nous pouvons mettre au premier rang le baron Walter de Seelorf...

— D'où vous vient ce beau renseignement?

— Du baron...

— Est-il imaginable que M. de Seelorf ait été choisir son confident...

— Mais oui, belle dame, interrompit Francis; permettez que je ne vous laisse pas achever votre phrase. M. de Seelorf m'a choisi, tout misérable que je suis, pour confident, par la raison que l'on prend ses amis où on croit les trouver.

— Vous seriez l'ami du baron Walter?...

— Non pas précisément, puisque je trompe sa confiance, mais il me prend pour tel en vertu de notre camaraderie de collége...

— Vous avez le double de son âge.

— En apparence, ce n'est, hélas! que trop vrai; mais, en réalité, je suis courbé sous le fardeau d'une vieillesse anticipée, triste fruit de mes nombreux malheurs, de mes regrettables écarts. Bref, Madame, voyez en moi un ancien condisciple de Walter à l'Université d'Heidelberg. De grands revers de fortune et de funestes dissipations m'ont ruiné, m'ont flétri; j'ai la barbe d'un vieillard et la besace d'un mendiant, quand je devrais promener en carrosse les trois douzaines de printemps que je tiens de mes père et mère. Ce n'est pas tout: pour comble d'infortune, j'ai perdu la vue à force de pleurer sur ma terrible chute, et...

— Et si vous le trouviez bon, Monsieur, dit la douairière en témoignant quelque impatience, vous remettriez à demain le récit de vos touchantes infortunes, pour ne pas oublier que j'attends réponse à certaines questions.

— C'est juste, Madame la baronne, je vous remercie de ce rappel à l'ordre. Eh bien! mon ami Walter de Seelorf est l'amoureux le plus constant que je connaisse.

— Entendons-nous: mon neveu Walter est mort depuis tantôt quatre ou cinq ans.

— Il l'a dit, écrit, fait dire et fait écrire, mais il s'est bien gardé, le gaillard, de quitter ce monde où l'amour lui bâtit des nids charmants aux environs de ce logis, et, peut-être bien, dans ce logis...

— Monsieur, interrompit la baronne avec une feinte indignation, ne craignez-vous pas la foudre pour oser calomnier ainsi l'un des anges de Dieu?

— Madame, pas plus que vous je ne crains la foudre dont vous avez la charité de menacer votre serviteur. Mon récit vous fait grand plaisir malgré la colère que vous laissez paraître, et je vous demande la permission de le continuer, car je ne dormirais pas en paix s'il m'était interdit de gagner, à ma manière, les récompenses promises à mon indiscrétion. Vous avez cru à la mort de mon ami Walter. Or, depuis la première messe dite pour le repos de son âme, il n'a pas éprouvé le plus léger malaise, et a sentimentalement vécu tantôt près, tantôt loin de vous, quand vous eussiez juré qu'il était à six pieds sous terre.

— Et vous me fournirez la preuve de ce que vous avancez là?

— Pardienne! je l'espère bien. Vous connaissez l'écriture du baron, n'est-il pas vrai?

— Certes non. Ce méchant homme m'a fait l'honneur de ne jamais m'écrire.

— Diable! diable! l'affaire se complique. N'auriez-vous point lu, par hasard et par bonheur, certaine lettre anonyme qui obligea, tout dernièrement, M. d'Amstadt à faire le voyage de Küssnacht?

— Je l'ai lue.

— Ah! ah! cette lettre, vous ne devinez pas qui l'avait écrite?

— Non.

— Hum! vous voulez me faire douter de votre perspicacité; mais patience! nous finirons par nous entendre. Écoutez, tout d'abord, le récit naïf d'une simple historiette.

— Que de préambules, bonté divine!

— Il y avait une fois, commença d'un ton dégagé le mendiant, une jeune fille tenue en charte privée par sa tante, l'excellente douairière de Gootlieben-Seelorf. Cette jeune fille, nommée Thérèse, était recherchée en mariage par son cousin, le baron Walter...

— Passez, je vous prie, sur ces redites tombées dans le domaine des cancans provinciaux.

— Soit! j'abrège. Quoique la demoiselle eût épousé, à contre-cœur, le riche Arnold d'Amstadt, il lui fut impossible de renoncer au baron Walter, et elle lui voua, dans l'exil qu'il s'était infligé, le culte touchant d'une tendresse désespérée. La noble douairière avait commis une grosse faute en séparant, religieusement et légalement, les deux pauvres amoureux.

Elle voulait éteindre des flammes autorisées, et elle alluma un criminel incendie. L'amour platonique dégénéra en passion coupable. Les

jeunes gens s'aimèrent avec d'autant plus de
violence qu'ils rencontrèrent plus d'obstacles dans
leurs tentatives de rapprochement et ils s'imaginè-
rent de triompher des défiances dont ils étaient
entourés, en usant d'un stratagème dont ils se
sont bien trouvés, s'il faut en croire mon ami
Walter. Vous devinez que j'entends parler de cette
prétendue catastrophe arrivée en pays lointain,
qui vous fit croire à la mort de votre coupable
neveu. Grâce à cette invention, Walter put rôder
autour du domaine de Seelisberg comme le loup
rôde aux abords d'une bergerie, et je ne saurais
vous dire, au juste, combien de fois la brebis fut
en péril, soit au dedans, soit au dehors, pendant
que le berger s'endormait au service de la France,
dans les garnisons...

— Mais c'est odieux ce que vous me ra-
contez là! s'écria la douairière.

— Madame, reprit humblement Francis,
vous me rendrez cette justice, n'est-il pas vrai,
que loin d'être brutal dans mes révélations, je
narre avec beaucoup de chasteté des choses qui
n'ont rien d'édifiant?... Me permettez-vous de
continuer?

— Oui, poursuivez; je veux voir jusqu'où
peut monter le venin de la calomnie.

— Ces jours derniers, le baron Walter ap-
prit que votre chère et belle nièce Thérèse était
menacée d'un accident...

— Quel accident?

— M. Arnold d'Amstadt s'était annoncé. Il venait jouir d'un congé sous le toit conjugal, et sa jeune femme en donnait avis à mon ami Walter, pour qu'il eût à redoubler de prudence et à s'éloigner du pays. Non seulement Walter ne se rendit pas à la sagesse de ce conseil, de cette prière, mais encore il s'avisa de s'en formaliser. Les amoureux passionnés sont, tout à la fois, ingrats, égoïstes, compromettants et enragés. Ils le disent tous les jours d'eux-mêmes, aux genoux des femmes qui ont l'imprudence de ne pas les prendre au mot: „Je vous aime à la folie!" s'écrient-ils dans leur bel enthousiasme, et la folie leur inspire, en effet, les plus singulières extravagances. Or, voici l'extravagance conçue par mon ami le baron Walter de Seelorf, votre neveu. Il s'est courroucé de jalousie à l'endroit du seigneur et maître de céans, le baron Arnold, et il ne veut ni ne peut admettre que ce légitime époux de votre charmante et sensible nièce goûte en paix, sous les ombrages de Seelisberg, les délices de ses vacances militaires. Il entend que Mme d'Amstadt rompe avec ce mari mal avisé, se mette en pleine insurrection, et déserte le domicile conjugal plutôt que de le partager...

— N'achevez pas! s'écria la douairière: ces abominations ne sont que ridicules.

— Libre à vous de penser ainsi. Que votre robuste et incrédule vertu frémisse à l'épanchement de ma sincérité, je ne le trouve pas mauvais, car je n'ai encore avancé aucune preuve; mais quand la lumière sera faite, si vous n'y voyez pas clair, vous serez aveugle comme moi, et je ne vous en féliciterai pas.

— Malheureux homme, répondit Mme Gootlieben en essuyant son front où perlaient de grosses gouttes de sueur, je vous écoute... parlez, mais, sachez-le bien, je vous hais pour tout le mal que vous me faites.

— Bien obligé belle dame... Après cela, j'aime autant ne plus rien dire. Vous m'avez promis cent francs, donnez m'en cinquante et je me tais.

— Il n'est plus temps, reprenez votre récit... Soyez vrai, je vous comblerai...

— A la bonne heure! Donc, mon ami Walter... Eh bien! où en étais-je?

— M. Walter veut que ma nièce se fasse enlever par lui...

— C'est cela. Il n'a pas osé confier au papier ce beau projet, de peur d'en compromettre l'exécution; mais, comme il fallait y décider Mme votre nièce, il a fort habilement écarté le baron Arnold et s'est introduit chez vous, en plein jour, avec une audace inouïe...

— Quand cela?

— Ne me pressez pas tant, vous me feriez perdre le fil de ma narration à son point dramatique. Pour écarter le baron Arnold, l'entreprenant Walter écrivit cette lettre anonyme que vous

savez. Le bouillant Arnold partit pour Küssnacht, au risque de se noyer, et pendant qu'il
cherchait son cousin dans le canton de Schwytz,
Walter, aidé d'un mauvais drôle du nom de
Pompidou, se faisait recevoir par Mme Thérèse...

— Eh quoi! cette visite matinale...

— Mon Dieu! oui. Des vêtements épais, des
favoris postiches, une démarche alourdie, ont permis au Philistin de passer inconnu. sous vos fenêtres... Et puis, entre nous, il se peut que cet
intrépide compagnon ait des intelligences dans la
place...

— Je chasserai tous mes gens.

— Occupez-vous d'abord du soin de le chasser, lui, Walter de Seelorf. Ce sera, je vous le
promets, courir au plus pressé, car vous n'avez
pas une minute à perdre.

— Hélas! pour le chasser, que faire?

— Votre sagesse vous le dira lorsque j'aurai
tout dit. Ce qui se passa dans la matinée du 21 de
ce mois, et nous sommes au 22, dans les petits
appartements de Mme d'Amstadt, il faut renoncer
à le savoir complètement; mais, ce que j'affirme,
c'est que votre aimable nièce a consenti à suivre
votre neveu...

— Impossible! impossible! C'est une énor-
mité que vous inventez.

— Mettons que je n'ai rien dit, et permet-
tez-moi d'entrer dans le lit que m'a offert votre
charité.

— Mais une preuve, une seule ?

— Il a été convenu entre Mme Thérèse et Walter que rendez-vous serait pris...

— Quand cela, où ?

— C'est ce que nous saurons par l'un des deux courriers qui arrivent journellement à Seelisberg. Notez bien, Madame la douairière, que je vous parle ici d'après les confidences de mon ami Walter. Si Walter m'a menti, vous ne sauriez trouver un mot de vrai dans mon discours : mais, s'il ne s'est pas vanté, je défie qu'on en retranche une virgule sans altérer la vérité. Eh bien! nous serons fixés prochainement, car Walter, indécis dans le choix de la direction à prendre après l'enlèvement de sa dame, doit écrire à votre nièce certain billet où elle ne lira qu'un mot et une date. Le mot sera le nom du lieu où elle devra se rendre à la date assignée. Vous frissonnez sans doute à ces terribles aveux... Hélas! je n'en suis pas étonné, car votre barbarie est cause de ce malheur... Pourquoi ne pas avoir uni la colombe à l'épervier au temps où l'épervier n'avait ne bec ni ongles?...

— J'avoue que si le billet dont vous parlez arrive, et que si j'y reconnais l'écriture de la lettre anonyme, je commencerai à vous accorder quelque confiance. Toutefois, il me semblera bizarre que Walter vous ait pu choisir pour confident.

— J'explique cette confidence par le service

que mon vieil ami attendait et attend de moi.
Ce service, seul je peux le lui rendre, et il m'a
sauté au cou lorsqu'il m'a retrouvé, moi son ancien condisciple, sous des haillons qu'il a eu raison de croire corruptibles, mais qu'il n'a pas assez payés pour les avoir corrompus à son profit. „Cher ami, m'a-t-il dit après m'avoir raconté
toute son histoire pour mieux me gagner à sa
cause, je ne peux pas écrire à ma bien-aimée
Thérèse, tant que son mari et son abominable ..." Pardon, si je répète le mot... il ne vous
chérit guère, votre neveu...

— Allez toujours.

— Tant qu'elle sera surveillée par son mari
et la douairière, mais si tu allais installer ta
misère à Seelisberg où les mendiants sont toujours bien accueillis, je t'écrirais...

— Vous écrire à vous! interrompit la baronne: mais vous n'y songez pas, vous êtes aveugle...

— Précisément. J'annonce à vos gens que
j'attends une lettre d'une âme généreuse, portée
à me secourir. On me remet cette lettre, je me
rends près de Mme Thérèse, je lui demande un
moment d'entretien, je lui dis à l'oreille quelques
mots, dont l'effet est assuré; je glisse alors le
papier charmant dans ses mains empressées. Ma
commission est faite; la dame s'arrange pour
voler je ne sais où, et j'ai gagné, moi, le misérable salaire que m'a osé offrir mon avare ami,

II   2

le baron, votre neveu. Tout cela vous semble-t-il d'une maladresse achevée?

— Non... j'en rougis... j'en suis épouvantée !

— Maintenant, comme vous m'avez offert cent francs pour vous servir, c'est-à-dire trois fois plus que votre neveu, voici ce que je ferai: Je vous porterai la lettre en vous priant de me la lire, et vous prendrez le parti qui vous semblera bon... Grâce au ciel et à votre indulgente patience, je me vois à bout de mon récitatif, et si vous avez suivi les détours incorrects de ma pensée, vous devez être pleinement édifiée sur les sentiments de Mme Thérèse, votre nièce, et de M. Walter, votre neveu; ce qui me permettra de dormir en repos autant que j'en ai besoin.

— Ainsi, demanda la douairière, c'est chose convenue, vous m'apporterez la lettre que vous attendez.

— Oui, belle dame, et je vous rappellerai la petite gratification offerte à mon zèle.

— Vous serez content de moi... adieu.

— Je vous souhaite une nuit pleine de bénédictions, Madame la baronne, répondit Francis en se levant pour saluer.

La douairière quittait à peine le corridor où le regard du mendiant l'avait suivie par la porte entrebâillée, que Francis Klein se dit...

— Couchons-nous, voilà un premier acte bien joué... à demain les affaires sérieuses... Cette pauvre vieille n'est pas forte, en vérité... j'aimerais une partie plus difficile.

De son côté, Mme de Gootlieben entra dans son lit en se répétant:

— Comme j'ai su faire parler ce misérable qui, pour quelques pièces d'or, a trahi l'amitié... Fi que les hommes sont odieux! Ah! ma chère nièce, c'est ainsi que vous vous décidez aux partis extrêmes... indécente corruption, mon Dieu! et j'ai pu former cette dévergondée, moi, Véronique de Seelorf!.. Quelle honte! mais aussi quel châtiment va la venger!.... Eh quoi! cette femme si tendrement attachée à son enfant... en apparence... mais, j'y songe... Madeleine n'est peut-être pas la fille d'Arnold... Horreur! horreur! toutes ces créatures criminelles sont ainsi: l'amour maternel n'est, pour elles, qu'une parade opposée à l'indignation publique... Nous verrons, nous verrons!

Le lendemain, Francis chercha et trouva plusieurs fois l'occasion de rencontrer Thérèse d'Amstadt, et il eut l'art d'inspirer à cette noble femme une pitié sympathique à ce point qu'elle le prit sous sa protection spéciale.

Vers quatre heures de l'après-midi, au moment où le messager du canton arrivait d'habitude, et pour la seconde fois du jour, à Seelisberg, la douairière et le mendiant se portèrent sur son passage, Mme de Gootlieben occupée, pour la forme, de l'effet produit par la gelée sur ses grands arbres, et Francis lui tenant compagnie par hasard.

— Serons-nous plus heureux que ce matin? dit la baronne, voilà le courrier qui vient à nous.

— Patience, Madame, répondit Klein, soyez persuadée que Walter m'écrira. Si je ne reçois pas sa lettre aujourd'hui, je la recevrai demain ou après-demain au plus tard.

— Par ici, mon ami, cria la douairière au piéton; avez-vous quelque chose pour moi?

— Vos journaux, Madame, rien de plus... et une lettre pour Monsieur... Monsieur... Francis Klein, de passage chez Mme la baronne de Goot-lieben-Seelorf. Je ne connais pas ce monsieur, ajouta le courrier en refermant son portefeuille d'où il avait tiré la lettre si impatiemment attendue.

— Francis Klein, me voilà! s'écria le mendiant.

— Vous? répondit le piéton en regardant alternativement la douairière et l'aveugle.

— Oui, reprit Mme de Gootlieben, ce pauvre homme est abrité chez moi pendant quelques jours...

— Et j'ai mon permis de mendicité, interrompit Klein.

— Ça suffit, mon bonhomme, ça suffit... voilà votre lettre...

— Combien vous dois-je?

— Rien du tout, c'était le cas ou jamais d'affranchir.

— Merci.... ah çà! mais si vous ne me

prêtez pas vos yeux, dit Francis à la douairière, je ne pourrai pas lire, et cependant il me tarde....

— Volontiers, mon garçon.

— Voilà une drôle de correspondance, marmotta le piéton en s'éloignant. C'est la première fois de ma vie que je vois un mendiant, aveugle et ambulant, recevoir des lettres cachetées à la cire armoriée... Je dirai ça, qu'on ne me croira pas.

La douairière avait ouvert la lettre d'une main frémissante.

— Miséricorde! s'écria-t-elle... je suis bien obligée de tout croire... Cette écriture est celle du billet anonyme.

— Et que dit-elle? demanda Francis.

— A Fluelen, cette nuit et demain, 24 décembre.

Le mendiant tendit son chapeau! la baronne y jeta de l'or, et, cachant la lettre sous son corsage, elle pressa le pas pour rentrer à la maison.

— Second acte! murmura Klein en souriant avec amertume; c'est horrible, et je n'en suis encore qu'à la petite pièce : que sera donc la tragédie?

XII

Mme de Gootlieben rencontra le baron Arnold, et, se mettant à son bras, elle l'entraîna jusque dans sa chambre.

— Asseyez-vous, mon enfant, lui dit-elle, j'ai à vous entretenir d'un grave et triste évènement.

— Quel ton tragique vous prenez là, ma chère tante!

— Hélas! ne vous occupez pas de l'émotion qui me domine, n'écoutez que l'affreuse vérité de mes révélations, et soyez — c'est mon vœu, c'est ma prière — beaucoup plus calme que mon cœur navré, honteux, éperdu, épouvanté.

Une sombre pâleur envahit le front d'Arnold.

— Je quitte Thérèse et Madeleine, dit-il avec trouble: les malheurs dont vous me menacez ne les concernent pas, puisque je les ai laissées dans une parfaite quiétude.

— Connaissez-vous cette écriture? demanda la douairière en montrant la suscription de la lettre adressée à Francis Klein.

— L'anonyme! s'écria le baron; l'anonyme... donnez.

— Vous lirez; mais je dois vous préparer au coup de foudre...

— Non. point de préparation, interrompit Arnold.

Et il s'empara de la lettre, qu'il ouvrit d'une main crispée.

,,A Fluelen, cette nuit et demain, 24 décembre.''

— Que signifie ce nouveau mystère?... voulez-vous répondre, Madame?

— Il signifie, mon cher enfant, que ma nièce, votre femme, attend, depuis deux jours, que le baron Walter de Seelorf, son séducteur, lui assigne un rendez-vous, que ce rendez-vous est pris pour le 24 décembre ou pour cette nuit, à Fluelen.

— Mensonge! Walter est mort.

— Walter est vivant; il sera cette nuit à Fluelen, et si cette lettre était parvenue à son adresse véritable, au lieu de tomber entre mes mains, votre femme, opprobre de notre famille, s'échapperait de cette maison dans quelques heures, abandonnant sa fille peut-être, mais à coup sûr son mari et sa tutrice, pour se réfugier dans les bras d'un misérable qui a juré de faire votre honte, la mienne et notre désespoir.

Arnold ne répondit pas. Il était attéré. Son beau visage, devenu livide, avait l'aspect du marbre, et la vie ne se révélait, en lui, que par de brusques tressaillements, symptômes des plus terribles souffrances.

— Vous ne me comprenez pas, n'est-il pas vrai? reprit la douairière; eh bien! je vais m'expliquer et vous donner la clé de cette abominable intrigue.

— Parlez, murmura le baron, je reprendrai mes forces en vous écoutant.

Mme de Gootlieben raconta, dans tous ses détails, l'histoire du mendiant et appuya sur ses moindres aveux, de manière à convaincre un esprit malheureusement trop jaloux pour qu'il pût saisir les côtés faibles de la fable infernale débitée par Francis.

— C'est bien, répondit Arnold avec une froideur glaciale. Faites venir ce mendiant, j'ai besoin de l'interroger.

Francis Klein se présenta en tâtonnant avec son bâton, pour se guider à travers les fauteuils et les chaises de l'appartement. L'audacieux complice de Walter ne varia pas d'un mot dans l'interrogatoire que lui fit subir Arnold, et il joua si bien son rôle, laissa percer tant de contrition dans ses aveux, se loua si bonnement du service rendu à la morale par ses révélations, que le baron lui dit :

— Je vous remercie, vous serez l'hôte de cette maison jusqu'au moment où j'aurai dignement reconnu vos bons offices.

— Eh bien ! cher pauvre enfant bien aimé, demanda la douairière lorsque Francis se fut retiré, quel parti prendrez-vous ? Serez-vous aussi fort que je le désire, c'est-à-dire plein d'un mépris silencieux pour ma misérable nièce, et généreux jusqu'au pardon envers moi, qui vous ai, pour mes péchés, conseillé cette déplorable alliance?

— Madame, je serai ce que Dieu permettra. Pour le moment, rassurez-vous: il me permet d'être maître de moi-même, et de ne pas ajouter la ridicule sottise d'un éclat à l'outrage fait à mon nom, à la blessure mortelle faite à mon cœur.

Au même instant, la cloche sonna pour le dîner de famille, et la voix pure de Thérèse se fit entendre. La chaste et noble femme fredonnait une chanson de l'enfance pour amuser la rieuse fillette qu'elle portait sur ses bras.

Le baron Arnold tressaillit, et il détourna la tête, voulant cacher à la douairière deux larmes que dévorèrent son désespoir et sa fierté. Mme d'Amstadt entra chez sa tante en achevant l'un de ces couplets naïfs dont les notes enchantées nous font sourire au bas-âge, et dont le souvenir rafraîchit nos vieux jours.

Le malheureux Arnold enveloppa sa femme et sa fille d'un même regard d'amour et d'effroi. Thérèse n'avait jamais été plus belle à ses yeux; Madeleine lui apparaissait comme un ange dans une vision céleste, et il ressentait, en les admirant, les douleurs du naufragé qui contemple, au moment de dispaaître sous les flots, le charmant rivage où sont ses amours.

— Bon jour, mon cher petit père, bonjour encore, bonjour! dit la jeune femme parlant pour sa fille, qu'à plusieurs reprises elle balança de son sein aux bras immobiles du baron : nous avons été bien sage… nous n'avons pas pleuré du tout et nous avons deux dents nouvelles… pour croquer le chocolat de bonne maman…

— Quel front ! que de perversité ! se dit la douairière en se levant pour obéir à la cloche.

— Vous voilà bien distrait et préoccupé, mon cher Arnold ? demanda Thérèse, en remarquant le silence, l'immobilité et le front rêveur de son mari.

— Moi, ma chère amie, répondit avec effort le baron, et comme s'il se fût débarrassé des étreintes d'un mauvais rêve, je ne suis occupé que de votre sérénité.

— Bien riposté, grommela tout bas la douairière ; impudence et sérénité, chez elle, c'est tout un.

— C'est fort galant, répondit Thérèse. Ma tante, voulez-vous mon bras ?

— Merci ! merci ! répéta coup sur coup la douairière avec plus d'expression que n'en commandait sa prudence habituelle, je peux, grâce au ciel ! me passer d'un bâton de vieillesse.

Thérèse s'arrêta comme pour réfléchir à ces paroles et au ton qui les avait accompagnées.

Arnold s'aperçut de son hésitation et lui tendit la main. Distraite de ses réflexions par cette caresse, Mme d'Amstadt suivit sa tante, qui entra dans la salle à manger.

Le dîner fut silencieux et gêné quoi que fît

le baron Arnold pour rompre le cours de ses pensées ou, tout au moins, donner le change à sa femme, devenue sérieusement inquiète en le considérant.

En se levant de table, Thérèse s'approcha de son mari.

— Arnold, lui dit-elle, vous me cachez quelque chose, ou, plutôt, vous cherchez à m'adoucir quelque fâcheuse nouvelle?

— Vous vous trompez, ma chère amie, je n'ai rien de fâcheux à vous apprendre, et si l'un de nous a des secrets pour l'autre, assurément, ce n'est pas moi.

La jeune femme éprouva un moment d'embarras que surprit l'œil jaloux du baron, mais elle reprit vivement:

— M'accuseriez-vous de manquer de confiance?

— Ah! Dieu m'en préserve! Un seul soupçon, à ce sujet, me rendrait trop malheureux.

Et pour se soustraire à un entretien qui menaçait de devenir difficile, Arnold offrit à sa tante de faire sa partie de piquet en l'assurant, avec autant de gaîté qu'il y put mettre, que, depuis son dernier voyage, il avait pris de savantes leçons. Avant huit heures, la bonne de Madeleine entra dans le salon, portant la belle fillette endormie dans ses bras. C'était une forte et grande jeune femme d'une physionomie intelligente et d'un aveugle dévoûment à sa maîtresse.

— Déjà! s'écria Thérèse.

— Eh! oui, Madame; la petite s'est endormie pour ainsi dire en soupant...

— Ah! mon Dieu! serait-elle malade?

— Malade! voyez comme ça respire... Nous avons beaucoup promené au grand air aujourd'hui, et nous nous serons fatiguées, car, moi aussi, j'ai des picotements dans les yeux.

La baronne et Arnold regardèrent le doux visage de leur fille dormant du sommeil calme et réparateur de l'innocente enfance, et tous deux écoutèrent le souffle égal et frais qui glissait sur deux lèvres roses entr'ouvertes aux baisers maternels.

— Prenez garde de la réveiller, murmura la douairière offusquée par l'accord passager du jeune ménage dans cette suave contemplation: vous aurez du temps de reste, demain, pour la manger de vos caresses.

— Oh! il n'y a pas de danger, répondit la bonne; on pourrait tirer le canon qu'on ne le réveillerait pas, et nous en avons comme ça pour douze heures d'horloge, ajouta-t-elle avec fierté.

— Demain! se dit le baron avec chagrin, — où serai-je? grand Dieu!

Thérèse se leva, et, selon son habitude, monta dans sa chambre pour présider aux détails du coucher de sa fille.

— J'avais tort de m'inquiéter, mon cher enfant, dit la douairière au baron tout en reprenant ses cartes : vous avez une charmante et ferme philosophie dont il me tardait de vous féliciter.

— Cette félicitation serait-elle un reproche ? demanda sévèrement Arnold.

— Non, si votre calme est du dédain ; oui, s'il dégénère en faiblesse, en pardon et bientôt en tendresse, ce qui serait indigne d'un Seelorf, et surtout d'un d'Amstadt... Eh bien ! où allez-vous donc ?

— Si Mme d'Amstadt s'occupe de mon absence, répondit le baron, vous lui direz que je suis reparti pour Lucerne, et que c'est à l'obligation de refaire cet ennuyeux et fatigant voyage, qu'il faut attribuer mes préoccupations de la soirée.

— Vous nous quittez, réellement ?

— Réellement.

— Alors vous allez à Fluelen, et non pas à Lucerne ?

— Oui.

— Mon enfant, prenez garde que, dans ces sortes d'affaires, le public se met rarement du côté du mari, et que le bruit ne venge pas l'infortune... bien au contraire.

— Madame, je vais à un devoir et non pas à une affaire.

— Vous vous faites accompagner, je l'espère ?

— Mon Dieu, non... je pars à pied... Je trouverai un bateau à la Treib... Adieu, ma chère tante... c'est à vous que je laisse et recommande ma fille; mais... je reviendrai, car Dieu est juste.

Le baron courut au pavillon où se trouvait son cabinet de travail; il s'enveloppa d'un kaban, chargea deux pistolets, qu'il cacha dans ses poches, et sortit de la maison par l'une des portes de service. Lorsqu'il tira cette porte derrière lui, une ombre se leva dans l'encoignure de la maison et disparut aussitôt.

Peu après le départ d'Arnold, Thérèse, que l'inquiétude visible de son mari tenait en éveil, descendit de sa chambre. Elle arrivait au bas de l'escalier, tenant un bougeoir à la main, lorsqu'elle vit, non sans surprise, le mendiant aveugle qui semblait attendre quelqu'un.

— Comment êtes-vous là tout seul, mon ami? demanda-t-elle. Vous seriez-vous égaré?

— Est-ce vous qui me parlez, Madame Thérèse? répondit à voix basse le mendiant.

— Oui.

— Êtes-vous seule!

— Seule.

— On peut vous confier quelque chose sans témoins?

— Sans doute.

— Eh bien! ma chère dame, allez trouver votre tante, et lorsque vous lui demanderez où est votre mari, ne croyez pas un mot de ce qu'elle vous répondra.

— Que me dites-vous donc là?... M. d'Amstadt est au salon.

— Allez-y voir; mais surtout, si vous tenez à triompher des méchancetés de Mme la douairière, faites semblant d'être crédule et de ne pas trop vous tourmenter de la fable qu'on vous débitera. Après ça, si vous tenez à savoir la vérité vraie sur tout ce qui se passe ici, quittez votre tante et venez me chercher, j'aurai de grandes et sérieuses nouvelles à vous donner. Je vous attendrai à cette même place.

Sans en écouter plus long, Mme d'Amstadt pressa le pas pour entrer au salon où elle trouva la douairière plongée dans les combinaisons d'une patience de premier ordre.

— Vous jouez seule, ma tante?

— Oui, ma nièce, je m'exerce.

— A la patience?

— Il m'en faudrait tant!... et puis, à tout dire, je tire les cartes... je veux savoir ce qui réussira d'une vilaine action ou d'une honnête vengeance : pariez-vous pour le vice ou pour la vertu?

— Je parie contre vous, ma chère tante, riposta Thérèse avec tout le mordant qu'elle savait mettre dans ses réponses aux méchantes agressions de Mme Véronique.

— C'est me dire poliment que je ne suis pas pour la vertu, n'est-ce pas vrai?

— Oh! je ne me sers jamais de mots si durs...

— Savez-vous, ma nièce, que vous voilà bien ragaillardie depuis quelques jours. Dans quelle fontaine avez-vous pris l'oubli de vos timidités d'autrefois?

— Il est vrai que je suis un peu changée à votre désavantage, ma chère tante, depuis le retour de mon mari... Mais où donc est Arnold?

— En voyage.

— En voyage!

— Mon Dieu, oui; vous étiez à peine montée dans votre chambre, que mon neveu a pris sa canne et son chapeau pour s'en aller à Lucerne, où l'appelle encore l'affaire que vous savez.

— L'affaire que je ne sais pas...

— Eh bien! ni moi non plus.

— Est-il possible que, sans me dire adieu, sans m'avoir prévenue...

— Il paraît que quelque mystère est là-dessous; mais ne vous avisez pas, au moins, d'être jalouse.

— Jalouse de quoi et de qui?

— Dam! les jeunes femmes se mettent souvent martel en tête lorsqu'elles ont un mari aimable et tourné comme le vôtre, ma nièce.

— La jalousie est une insulte à la loyauté, lorsque soi-même on est sans peur et sans reproche.

— Voilà une bavardise qui vous fait grand honneur, je prie Dieu qu'elle vous fasse profit.

— Eh bien! Madame, interrompit Thérèse, puisqu'Arnold est parti pour Lucerne, vous me permettrez de retourner près de ma fille, d'autant que ma compagnie ne saurait vous divertir suffisamment.

— Et que ma patience a réussi! s'écria la baronne... Dieu soit loué! c'est comme dans les bonnes tragédies, où le crime est puni, la vertu récompensée... Vous avez perdu, ma nièce:... voilà ce que c'est que de jouer contre moi.

— Vous aviez donc parié pour la vertu?

— Et j'ai gagné.

Il faut pardonner quelque chose au hasard. Je vous souhaite une bonne nuit, ma chère tante.

— Nous verrons le joli visage que tu feras demain, murmura la douairière tout en digérant le sarcasme de Thérèse; ah! l'effrontée; si elle devinait que j'ai mis les deux pieds dans son tripotage, et qu'Arnold est allé chercher les oreilles de son bien-aimé Walter! Je ne sais ce qui m'a retenu de lui raconter l'aventure... Non, le mieux est d'attendre en paix les évènements. Voilà une journée bien remplie, reposons-nous.

Mme de Gootlieben sonna sa femme de chambre et se mit à sa toilette de nuit.

Thérèse était revenue, en toute hâte, au pied de l'escalier où l'attendait Francis.

— Eh bien! dit-elle précipitamment, me voici

II   3

de retour; donnez-moi les nouvelles que vous
m'avez annoncées.

— M. le baron était-il au salon?

— Non.

— Qu'a-t-on répondu à vos questions?

— Que M. d'Amstadt était parti pour Lucerne.

— Très-bien.

— C'est donc vrai?

— C'est absolument faux.

— Dans ce cas, où est-il?

— Il est en route pour Fluelen.

— Pour Fluelen? Pourquoi donc tout ce mystère, et comment savez-vous ce que j'ignore.

— J'ai à vous entretenir, pendant un quart
d'heure, pour vous mettre au courant de cette
ténébreuse histoire... Votre bonheur, Madame,
le bonheur de votre vie entière, celui de votre
mari, l'avenir de votre fille sont menacés...

— Parlez vite, au nom du ciel?

— Le lieu serait mal choisi... conduisez-
moi chez vous.

— Venez, venez! dit la baronne, allongez le pas.

— Je suis aveugle, ma bonne dame... prêtez-
moi votre main.

Thérèse se retourna, et, malgré sa perversité,
le mendiant tressaillit au contact de cette main
qui s'ouvrait, en tout temps, pour l'aumône.

Pendant qu'il gravissait l'escalier, Francis Klein

regardait soigneusement autour de lui, et faisait
à chaque pas ses remarques, comme un homme
occupé de retrouver plus tard un chemin qu'il
fait pour la première fois.

XIII

Nous avons dit que l'appartement de Mme
Thérèse se composait, entre autres pièces, de
deux chambres principales communiquant par
une porte ouverte jour et nuit. Dans l'une de
ces chambres couchaient Madeleine et sa vigilante
gardienne. Le petit lit de l'enfant touchait presque celui de la bonne, et Mme d'Amstadt pouvait être réveillée en sursaut par le moindre bruit
qu'un accident quelconque eût causé, si près d'elle,
de ce côté.

Lorsque Thérèse fut entrée dans sa chambre,
elle conduisit le mendiant dont elle n'avait pas
abandonné la main, jusqu'à un fauteuil où elle le
fit asseoir et lui dit :

— Vous êtes chez moi, parlez.

— Madame, ce n'est pas assez que d'être chez
vous, répondit à voix basse Francis, il faut encore que vous seule entendiez mes révélations, et
peut-être...

3 *

— Je vous comprends… je vais renvoyer la bonne de ma fille.

Le mendiant fit, de la tête, un signe de satisfaction. Thérèse passa dans la chambre de Madeleine, et s'arrêta devant un spectacle qui, en toute autre circonstance, l'eût étonnée et même inquiétée. Malgré l'heure peu avancée, et contrairement à ses habitudes, la bonne s'était couchée et elle dormait d'un profond sommeil, à côté de la chère fillette confiée à sa garde. Mme d'Amstadt revint près de Francis et lui dit:

— Vous pouvez élever la voix sans vous gêner, tout mon monde dort pour ne se réveiller qu'au grand jour, selon l'usage.

— Eh bien! Madame, je commence: Pardonnez à ma vive émotion l'incohérence de mon discours… je voudrais tant vous aider à conjurer les terribles dangers que je vois s'amasser sur votre tête…

— Mais, vous perdez un temps précieux…

— Hélas! Madame la baronne d'Amstadt, pourquoi ne pas avoir accepté l'amour et la main de votre cousin Walter?..

— Je vous arrête, interrompit Thérèse avec dignité: sachez que nul n'est autorisé à prononcer ce nom devant moi, ici moins qu'ailleurs…

— Eh! mon Dieu, je ne doute pas un seul instant de votre vertu, je sais quels chastes et vigoureux efforts vous avez faits pour paraître cruelle à l'homme dont le souvenir vit, sans doute, au plus profond de votre cœur, mais je n'en déplore pas moins...

— Encore une fois, se hâta de dire Mme d'Amstadt en se levant: êtes-vous venu ici pour me parler de M. Walter de Seelorf?

— Oui, Madame.

— Eh bien! retirez-vous, et remerciez-moi de ce que je ne fais pas punir l'excès d'une audace aussi coupable.

— Madame la baronne, veuillez remarquer que je ne suis pas venu vous parler de mon ami Walter, en son nom, mais au vôtre.

— Votre ami, Walter?

— Certainement... j'ai été riche, très riche; j'ai appartenu au monde où j'ai pu contracter de brillantes amitiés. L'une d'elles a résisté aux malheurs qui m'ont frappé, à la perte de ma fortune, à la perte de mes yeux fermés à la lumière; vous devinez de qui je parle... Walter de Seelorf est le galant homme qui ne m'a pas renié lorsqu'il m'a retrouvé vieilli, aveugle et misérable, après m'avoir laissé jeune, opulent et recherché de mes pareils. La confiance qu'il avait en moi jadis, il n'a pas hésité à me la témoigner encore. Je viens de vivre avec lui pendant deux jours à l'hôtel de la Treib; il m'a raconté ses malheurs, son exil volontaire, sa mort simulée, dans le but de vous surprendre, un jour, et de jouir de l'effet produit sur votre cœur par sa résurrection. Il m'a dit, avec une navrante amer-

tume, quelle avait été sa déception; il a pleuré
en ma présence, il a maudit la violence de ses
emportements devant le calme de votre résignation
commandée par les devoirs de l'épouse unis aux
devoirs maternels, et il m'a déclaré que si votre
pardon lui parvenait dans les profondeurs du nou-
vel exil qu'il allait chercher, il s'estimerait encore heureux de traîner une vie dont les lan-
gueurs seraient autant d'hommages à votre no-
blesse et à vos mérites.

— Eh bien! répondit Thérèse, profondément
émue, faites savoir à M. de Seèlorf que son amie
d'enfance n'a aucun pardon à lui envoyer, parce
qu'elle n'a jamais douté de son cœur et de son
caractère, au point de prendre au sérieux des
menaces dictées par le désespoir. Faites en sorte
qu'il sache combien je lui tiens compte de cet
exil volontaire, nécessaire à mon repos, à son
honneur et au facile accomplissement de tous mes
devoirs...

— Trop tard, Madame, trop tard! interrompit Francis; tout cela aurait pu être dit hier, il
n'est plus temps aujourd'hui.

— Je ne vous comprends pas.

— Quand mon pauvre Walter m'a congédié,
hier, dans l'après-midi, il m'a recommandé de me
rendre de suite à Seelisberg, de venir frapper à
votre porte, de vous demander l'hospitalité, de
gagner vos bontés, ce qui n'est guères difficile,
et, enfin, de préparer tout doucement les voies

à la confidence que je viens de vous faire. Vous vous expliquez donc. maintenant, ma persistance à vouloir vaincre la dureté de Mme de Gootlieben, votre tante, pour rester ici. pendant quelque temps, votre pensionnaire. Aujourd'hui. j'ai maintes fois cherché, autant que le permettait ma cécité, les occasions de vous entretenir. La crainte de rencontrer près de vous une oreille indiscrète, a glacé ma langue sur mes lèvres, et j'attendais de plus favorables moments. lorsqu'une terrible catastrophe a ruiné tous mes projets en vous exposant au plus affreux danger.

— Et ce danger?

Le voici. Walter m'avait dit : „Quand je quitterai la Treib où je ne peux pas conserver plus longtemps mon incognito. je t'écrirai à Seelisberg où tu sauras te faire loger pendant huit jours. Tu prieras ma bien-aimée cousine Thérèse de te lire ma lettre, et ce sera pour la dernière fois que ma plume lui adressera des tendresses. comme c'est pour la dernière fois que ma bouche lui a parlé l'autre jour. Ma lettre te dira où tu devras me rejoindre et m'apporter ce pardon sans lequel je ne saurais exister."

— Eh bien! demanda Thérèse, pénétrée d'un terrible soupçon.

— Eh bien! cette lettre que je comptais recevoir dans trois ou quatre jours. est arrivée par le courrier de ce soir.

— Et puis?

— Et puis, votre tante l'a reçue des mains du piéton. Or, comme elle vous déteste, comme elle vous surveille, comme ma présence ici et votre charité à mon endroit lui semblent suspectes, elle a osé ouvrir la lettre et la lire...

— Ciel !

— Ce n'est pas tout: elle l'a lue à votre mari.

— Comment le savez-vous?

— Le hasard, ou plutôt la Providence m'a servi. J'étais dans le jardin, adossé contre la charpente du petit châlet. Je m'étais fait conduire là pour jouir de quelques rayons du soleil couchant. Mme la douairière et M. le baron Arnold sont entrés dans le châlet dont les fenêtres étaient, à ce qu'il paraît, entr'ouvertes, et j'ai entendu tout ce qu'ils se sont dit. Mme de Gootlieben a lu la lettre à voix haute; votre mari l'a relue de même, et mon malheureux Walter, en s'abandonnant aux élans d'une âme beaucoup trop tendre, vous a gravement compromise. Il a cru mériter vos bonnes grâces, l'infortuné, en vous remerciant de l'accueil que vous lui avez fait ici même, dans cette chambre; c'était, selon son noble cœur, le meilleur moyen de se faire pardonner ses violences. Bref, il a mis le comble à ses imprudences, en écrivant cette ligne funeste: „*Je serai cette nuit et demain à Fluelen, où je t'attends...*“

— Et M. d'Amstadt est parti? s'écria Thérèse.

— Pour Fluelen, oui, Madame.

— Malheureuse ! je suis perdue.

— Hélas ! de grands malheurs sont à craindre si les deux cousins se rencontrent, car Walter, résigné à vous obéir, dévoué à votre bonheur, ne sera cependant pas maître de sa colère, lorsqu'il se verra face à face avec l'heureux mortel que la fatalité a mis, dans cette maison, sur un trône. Je le sais, Walter hait votre mari, le baron Arnold est plein de rage, et le sang coulera au premier mot provocateur sorti de l'une de ces deux bouches animées des colères de la plus formidable des passions.

— Je m'explique les embarras, les préoccupations de M. d'Amstadt, reprit Thérèse en se comprimant le front comme pour en faire jaillir une pensée tutélaire ; je comprends aussi les sarcasmes de Mme de Gootlieben... Oui, c'est bien cela, „le crime est puni, la vertu est récompensée," a-t-elle dit ce soir. Évidemment elle faisait allusion à une rencontre entre ses neveux... Que faire, mon Dieu ! que faire ? inspirez-moi !

— Prier, Madame, je ne vois que cela, murmura le mendiant.

— Ah ! ciel ! que de temps perdu ! s'écria tout-à-coup Thérèse.

Et elle s'élança vers la garderobe, d'où elle sortit quelques minutes après, enveloppée d'un manteau à capeline. Francis baissa la tète, et réprima une sourire. Thérèse passa dans la chambre de sa fille, se pencha sur la tête de Madeleine et la baisa au front tendrement.

— Dors, cher bel ange, dit-elle, ta pauvre mère ne s'éloigne de ton berceau que pour mieux être avec toi.

Mme d'Amstadt tira sur elle la porte, la ferma à double tour, retira la clé et marcha droit au mendiant qui la regardait faire, non sans éprouver une vive inquiétude savamment étouffée.

— Non, se dit la baronne en s'arrêtant tout à coup; je ne veux confier cette clé à personne, pas même à cet aveugle... à l'ami de Walter, d'ailleurs, moins qu'à tout autre...

— N'allez-vous pas au rendez-vous de votre ami? demanda-t-elle à Francis, tout en déposant la clé dans un livre sur une étagère.

— Il m'est impossible de voyager la nuit, mais je m'y rendrai dès le point du jour.

— Non... vous m'obligerez en restant ici... dans cette chambre, que vous n'ouvrirez à personne en mon absence.

— Et vous, Madame, où allez-vous donc?

— A Fluelen... Vous m'obéirez?

— Je vous le promets.

— Ainsi, je vous laisse en sentinelle... Ma fille est avec sa bonne... Je défends que, sous aucun prétexte, Mme de Gootlieben entre chez moi et s'approche de mon enfant.

— Comptez sur mon zèle. Mais, Madame, quoique je n'ose pas combattre votre projet qui,

seul, peut tout sauver, je redoute ce voyage entre-
pris dans les ténèbres... Une femme!...

— Je serai accompagnée... Adieu... Fermez-
vous.

— Soyez tranquille.

La baronne descendit lestement et silencieu-
sement l'escalier. Francis Klein ferma la porte
tout doucement, ouvrit de même la fenêtre qui
donnait sur la cour, et y appuyant ses deux cou-
des, il murmura au milieu d'un rire féroce:

... — Troisième acte, et plein succès! je prends,
d'ailleurs, la liberté de m'applaudir, car, si le
poème ne vaut rien, l'auteur me plaît assez.

Thérèse ne rencontra personne dans les gale-
ries et les corridors. Elle souleva le loquet de la
porte de sortie, s'élança dans la cour, ouvrit avec
grand soin la petite porte de service et s'élança
dans la campagne. Après avoir fait une centaine
de pas, elle frappa hardiment à une maisonnette
qu'habitait le garde de Mme de Gootlieben.

— Vous m'avez bien des fois offert vos services, mon bon Schmitt, dit-elle au garde, qui ne
revenait pas de sa surprise en la reconnaissant
à pareille heure et sous son costume d'emprunt:
je viens vous mettre à l'épreuve.

— Eh! bonté du ciel, ma chère bonne dame,
qu'est-ce donc qui se passe, que vous voilà debout à c't'heure de nuit?

— Il faut que j'aille à Fluelen tout de
suite... Prenez votre fusil et accompagnez-moi.

— Ah! miséricorde! je vas prendre mon sabre avec mon fusil... attendez seulement que je prévienne ma femme...

— Non... si vous le voulez bien, vous ne direz rien à Mme Schmitt; je vous veux seul dans ma confidence... allons, partons-nous?

— Mais oui, que nous partons!... Cependant, vous ne comptez pas descendre à pied jusqu'à la Treib.

— Mon Dieu si... la gelée se fait moins sentir quand on marche!... La nuit est superbe;... voyez les étoiles.

— Comme ça, Madame, dit en souriant le garde; faudra pas, quand j'irai demain matin au rapport de Mam' la douairière, raconter tout ce que j'aurai fait cette nuit.

— Oh! vous pouvez tout raconter demain à ma chère tante, répondit Thérèse en se mettant bravement en marche.

— Ah! dam, au fait... une femme comme vous ne fait rien pour se cacher; mais, comme vous allez vite, nom d'un petit bonhomme! A quoi sert d'avoir des pieds si mignons pour marcher comme un douanier...

— Eh! j'ai le pied montagnard, papa Schmitt, est-ce que cela vous étonne?...

— Non, non... seulement prenez garde de dégringoler...

— Et vous, mon ami, cessez de me parler;

lorsqu'on cause en voyage, on ralentit le pas, et je suis pressée, bien pressée, soyez-en sûr.

Schmitt observa un silence absolu quoique, de temps à autre, il soutînt de son bras nerveux la marche de Thérèse que le mauvais état du chemin faisait trébucher. Mais la vaillante femme ne se rebutait pas, et elle eût voulu courir là où ses pieds délicats ne pouvaient se poser qu'au risque d'une chute ou d'une souffrance.

Francis Klein avait attendu près d'un quart-d'heure à la fenêtre où nous l'avons laissé; il voulait se mettre en garde contre la chance possible d'un retour de Mme d'Amstadt, et se donner ainsi plus de sécurité dans l'exécution hasardeuse de son exécrable projet.

La nuit était silencieuse et profondément noire. Il ne faisait pas de vent, et on n'entendait, à certains intervalles, que ces craquements produits par la gelée, qui sont comme les sourds gémissements de la terre.

Francis alla prendre la clé que la baronne avait placée dans un livre sur une étagère. Puis, tirant de sa poche une solide échelle de corde assez mince pour ne former qu'un peloton facile à cacher, mais assez solide pour supporter le poids de deux hommes, il fixa cette échelle aux pitons qui servaient à arrêter en dedans la fenêtre. Alors, l'audacieux bandit ouvrit, avec des précautions infinies, la porte de la chambre de Madeleine.

Cette chambre était éclairée par une veilleuse.

— A quoi tient la vie! murmura tout bas le mendiant marchant à pas de loup vers le lit de la gardienne de Madeleine:

— Si cette femme se réveille, elle est morte!.. et ce serait dommage, je n'aime pas le sang des faibles.

La jeune femme dormait lourdement, la tête tournée contre le mur.

Francis Klein ramassa, d'abord, les vêtements de Madeleine. Il en fit un paquet; puis saisissant la belle petite, il la roula des pieds à la tête dans ses couvertures, et l'enleva de sa couchette sans qu'elle eût fait un mouvement.

Chargé de cette proie précieuse, le mendiant referma la porte de la chambre, descendit prudemment à l'aide de son échelle dans la cour qui touchait au parc, entra dans le parc, se dirigea vers la petite porte dont Walter s'était fait remettre la clé par Pompidou, et la heurta deux fois avec le pied.

Deux hommes assis en dehors du parc et contre le mur se dressèrent brusquement à cet appel, ouvrirent la porte et se présentèrent à Francis.

C'étaient les deux Arabes Mohammed et Slimann, les reggabs ou coureurs du baron Walter de Seelorf. Francis remit Madeleine à Slimann qui la saisit avec délicatesse, avec légèreté, et se hâta de la serrer contre sa poitrine en la couvrant de son burnous. Mohammed se chargea des petites hardes de l'enfant, et le mendiant rentra dans le parc après avoir ordonné, par un signe, aux deux Arabes de ne pas bouger avant son retour.

— Voilà qui marche vraiment sur des roulettes, se dit Francis en cheminant vers la maison; les expéditions les plus difficiles ne demandent qu'un peu d'adresse et beaucoup de témérité... Allons donc jusqu'au bout.

Le ravisseur remonta dans l'appartement de la baronne, releva, replia et remit en poche son échelle, alla replacer la clé de la chambre de Madeleine à l'endroit où Mme d'Amstadt l'avait cachée, referma la fenêtre, sortit de la chambre dont il emporta la clé, gagna le grand escalier, la cour, le parc et s'éloigna, par le chemin de Lucerne, de cette maison que ses mains maudites venaient de remplir de désolation.

Impénétrable mystère! Dieu, symbole de justice, de douceur et de miséricorde, permet de loin en loin l'accomplissement des actions les plus noires, et donne quelquefois à ses créatures perverties le pouvoir d'affliger ses enfants les meilleurs. La raison humaine, confondue, cherche en vain à s'expliquer la cause de ces victoires de Satan; elle se demande pourquoi l'innocence, la charité, la piété ont des larmes; pourquoi la chaste et tendre mère porte le deuil de l'unique enfant qu'elle tenait de la générosité du ciel,

pourquoi tant de sombres infortunes viennent
fondre sur des foyers où vivaient étroitement
unies les vertus domestiques, et pourquoi les biens
de ce monde affluent trop souvent aux mauvais
cœurs.

Mystérieuse volonté, répétons-nous, que toute
âme chrétienne ne doit pas vouloir sonder, car
elle nous a été transmise par le supplice d'un
Dieu qui fut le plus juste des hommes, par la
sainte affliction d'une femme qui est au ciel la
mère de nos douleurs.

XIV

Les deux reggabs et Francis Klein activaient
leur marche en hommes rompus aux voyages de
ce genre. Ils ne précipitaient ni n'allongeaient
leurs pas, mais ils en soutenaient l'allure avec
cette régularité qui permet de gagner du terrain
sans fatigue, et de devancer toute poursuite im-
modérée.

Autant pour s'alléger que pour se déguiser,
Francis avait enfoui sous la neige son chapeau,
sa vieille houpelande et sa besace d'où il avait
tiré une veste assez propre et une casquette.

Les reggabs, d'abord peu confiants dans les

vigueur du compagnon de route chargé de les guider, comprirent assez vite qu'ils avaient affaire à un homme bien trempé, capable de leur tenir pied, sinon pendant un long parcours, du moins dans la présente expédition, et ils se communiquèrent à demi-voix leur satisfaction.

La petite Madeleine dormait toujours, chaudement abritée contre le sein de Slimann qui lui prodiguait des soins dignes de la sollicitude maternelle.

Les voyageurs marchèrent jusqu'à cinq heures, et ils arrivèrent dans les parages de Lucerne sans avoir rencontré, comme on dit, âme qui vive. Comme ils approchaient de la porte située sur la route de Zurich, ils virent une ombre se dresser sur le bord d'un fossé, puis marcher droit à eux. Lorsque cette ombre prit corps, ils reconnurent en elle un homme vêtu du costume arabe qui ne tarda pas à les accoster.

— Seigneur, dit le reggab Slimann, je tiens là *Slamia* (¹) mollement couchée sur mon cœur.

(¹) *Slamia*, diminutif de *Meselmia* (musulmane). Ce nom qui veut dire, proprement, *sauvé par la conversion*, est donné, en général, aux chrétiennes converties à la religion du prophète. Inutile de dire que les mahométans ne tiennent pas à ce que la conversion soit de plein gré. Au sérail et dans tous les harems où la violence peut avoir jeté des chrétiennes, devenues musulmanes, on voit presque autant de *Slamia* que de femmes ayant abjuré.

II   4

— C'est bien, répondit le nouveau venu; vous deviez réussir, puisque Dieu est avec nous.

— Par Vénus et Jupiter! je ne t'aurais pas reconnu si tu n'avais pas pris la parole, s'écria Francis, mon cher baron; voilà, ce me semble, que nous avons fait le plus difficile. Néanmoins, ne perdons pas de temps à nous féliciter. La lionne à laquelle nous venons d'arracher son petit, pourrait nous atteindre en quelques bonds si nous restions dans ces parages. As-tu pris les précautions convenues?

— Oui; tout est prêt... partons.

Francis adressa quelques mots à Slimann tout en se mettant en marche vers la ville.

— Que lui as-tu dit? demanda Francis.

— Je lui ai recommandé de porter douillettement la petite; il est essentiel qu'elle ne se réveille pas dans ce moment. Ses cris et ses pleurs nous embarrasseraient.

— Sois sans inquiétude. J'ai bien fait les choses. La pauvrette dormira jusqu'au grand jour, et fort tard...

— Aurais-tu compromis sa santé? interrompit vivement le baron.

— Pas le moins du monde. Je suis un peu carabin, et je sais calculer mes doses... Ouf! arriverons-nous quelque part? mes jambes en ont assez.

— Chut! tu vas te reposer.

Walter, suivi de Francis et des deux reggabs,

se présenta devant la porte de l'hôtel de la Balance, situé sur le bord de la Reuss, et, pendant qu'on venait lui ouvrir, il dit à Klein :

— Ordonne, en mon nom, qu'on attelle. Les chevaux et les postillons sont prêts, la voiture est chargée, la dépense payée... assez largement payée pour que je sois servi à la minute, sans observation aucune.

Francis s'acquitta aussitôt de la commission, et la célérité que chacun mit à lui obéir ne lui laissa pas douter de la magnificence déployée par le baron.

— Je suis associé au dieu Plutus, fils de Cérès et corrupteur du genre humain, dit-il à demi-voix, lorsque, installé dans une bonne berline attelée de quatre chevaux, il vit Walter jeter aux valets de l'hôtel une poignée de florins, par la sambleu ! mon cher baron, tu me fais souvenir malgré moi de mes beaux jours !... est-ce que décidément je vais recommencer à vivre ?

— Non, répondit Walter, car tu n'as jamais vécu, en dépit de tes plus folles équipées. Attends encore quelques jours et je te montrerai des horizons que ton imagination n'a même pas su rêver.

Walter et Francis étaient assis dans le fond de la berline, les reggabs se tenaient gauchement et mal à l'aise sur le devant quoiqu'ils y eussent large place. Habitués à se mouvoir en plein air, ils semblaient ne savoir que faire de leurs

4*

bras, de leurs jambes, de tout leur corps emprisonné dans cette boîte roulante, où ils suffoquaient avec une muette résignation. Les postillons marchaient comme pour des courriers d'ambassade sur la belle route de Lucerne à Bâle, et la petite Madeleine dormait toujours.

— Je commence à m'inquiéter, dit Walter ; ce sommeil opiniâtre n'est pas naturel.

— Il me semble que, depuis quelques jours, interrompit Francis, et notamment depuis hier, nous ne faisons rien de très naturel, toi, tes Algériens et moi.

— Je veux que cette enfant vive.

— Tu veux et tu as voulu bien des choses, baron, mais je remarque, non sans étonnement, que tu te préoccupes peu des moyens de venir en aide à ta volonté. As-tu imaginé, par hasard, que ce fût chose facile de pénétrer chez Mme d'Amstadt, ta cousine et d'y faire le beau dégât dont tu as daigné me confier l'exécution ? Mon ami, j'avais répondu héroïquement de l'entreprise... et j'ai procédé par des moyens héroïques... c'est logique cela. Écoute et applaudis au lieu de te confondre en puériles appréhensions.

— J'écoute, et, te l'avouerais-je, je frissonne en songeant qu'il t'aura fallu déployer toutes les ressources d'une imagination infernale pour arriver au succès.

— Imagination infernale, c'est le mot. Oui, mon ami, tu peux frissonner à ton aise, maintenant que la pièce est jouée, car j'ai servi à souhait tes fureurs... peut-être ai-je dépassé mes pouvoirs... Bah! qui peut le plus peut le moins... Tu avais une si grande soif de vengeance! tu la hais si profondément, cette femme ingrate, oublieuse, parjure et dédaigneuse.

— Oh! oui, je la hais! s'écria Walter dont la colère, un moment assoupie, se ranima au seul souvenir de sa visite à Seelisberg, de l'accueil que lui avait fait Thérèse, et de la félicité d'Arnold.

— Il s'agissait donc de jeter avec art le désespoir dans cette famille infortunée, reprit Francis.

Et il ajouta aussitôt:

— Si je dis infortunée, c'est que je tiens tout à la fois à orner mon récit d'un ton pathétique et d'une expression sincère...

— Pas de railleries, interrompit Walter.

— Mon cher ami, riposta Francis, le sérieux, dans le crime, est le dernier cachet de la perversité.

— Abrège; tes sentences ne m'apprennent rien.

— Confiant dans mon savoir-faire, tu m'avais donné carte blanche. Le Gascon Pompidou était en route pour Alger; tes deux Arabes avaient reçu l'ordre de venir m'attendre, tous les soirs, de sept à dix heures, à la petite porte du parc de Seelisberg, et d'obéir à mes moindres signes; l'aubergiste de la Treib, grassement payé pour donner, sur ton compte, de faux renseignements, devait mentir à merveille, et tu étais parti pour Lucerne, afin de préparer notre fuite et de met-

tre à la poste cette simple ligne à mon adresse :
A Fluelen, cette nuit et demain 24 décembre.
Lorsque je me suis présenté chez ta vénérable
tante, Véronique Gootlieben, baronne de Seelorf,
que le diable protège! car elle lui fait grand honneur, ceci soit dit sans t'affliger, tu n'as rien
compris à ce rendez-vous imaginaire que je t'a-
vais recommandé de m'envoyer par la poste, et,
cependant, c'était là le nœud de l'intrigue, nœud
savant que je devais serrer au gré de ta vengeance. Voici le fait, prête-moi quelque attention.

Francis raconta l'histoire de son installation
à Seelisberg, et répéta, mot pour mot, la première conversation secrète qu'il avait eue avec la
douairière.

— Pauvre femme! murmura Walter.

— Si tu plains déjà ton infidèle, reprit Francis, il faut tourner bride et rapporter cette fillette
à la tendre colombe du baron Arnold.... Les
remords sont de mauvais compagnons, et nous
ne sommes, je l'espère, qu'au début d'un long
voyage.

— Qui te parle de remords! j'aime Thérèse
et je la hais. En la frappant dans ce qu'elle a
de plus cher, j'ai satisfait ma haine ; en la plai-
gnant, loin de ses yeux en pleurs, je cède au
penchant de mes tristesses, je jette au vent le
lâche aveu d'un amour maudit... je regarde en
arrière mais je ne recule pas.

— Ce gâchis sentimental et féroce, est trop

poétique pour ma faible intelligence, baron... Je reprends ma prose.

Francis passa au récit de ce qu'il avait appelé le second acte de sa petite pièce, c'est-à-dire qu'il dépeignit la joie de la douairière recevant et lisant la lettre où Walter était censé donner rendez-vous à Thérèse.

— Ceci fait, continua-t-il, je compris que je tenais mon dénoûment. Restait à le bien jouer, et je m'y appliquai avec un zèle dont tu ne sembles pas me savoir gré suffisamment. J'eus l'art de verser dans le verre de la gardienne de l'enfant que voilà, quelques gouttes d'un breuvage inoffensif, mais qui devait endormir à souhait cette robuste fille, et favoriser mes opérations futures. La petite Madeleine fit comme sa bonne, si bien qu'à l'heure voulue, la couvée de Mme d'Amstadt était au lit, paupières closes et l'oreille obstinément fermée, même au bruit du canon. Comme je l'avais prévu, ton cousin Arnold décampa pour Fluelen, où il t'aura cherché pendant toute cette nuit, et où il te chercherait aujourd'hui, du matin au soir, si la trop belle Thérèse ne s'était pas mise à sa poursuite...

— Eh quoi! Thérèse aussi est allée à Fluelen!

— Pouvais-je me débarrasser, plus honnêtement, de sa présence? Vrai, c'est un chef-d'œuvre que j'ai fait là; il m'en a bien coûté quelque peu de tromper si cruellement cette malheureuse mère et de l'envoyer se promener à tra-

vers champs par une nuit glacée; mais elle est
femme, et tromper une femme c'est autant de
pris sur l'ennemi ... Ah! cher baron, tu as grand
tort de nourrir au fond du cœur un reste d'amour
pour Mme d'Amstadt. Si tu l'avais vue, comme
moi, se précipiter sur les traces de son mari
pour le sauver de ta colère!...

— Ne suis-je pas assez malheureux, interrompit
Walter; ne suis-je pas assez irrité, ne suis-je pas
assez barbare dans ma vengeance? Pourquoi chercher à exciter ma fureur?...

— Mettons que je n'ai rien dit, reprit Francis; permets-moi, toutefois, une réflexion. Tu
m'as beaucoup promis, baron, et je crains que
tu ne sois pas de taille à me tenir parole. L'homme
est, hélas! un être bien imparfait.

— Eh bien! dit Walter avec un sombre sourire, Mme d'Amstadt est partie pour Fluelen; que
va-t-il en résulter?

— Je n'en sais ma foi rien; les couples amoureux sont fantasques, et la jalousie a des accès si
bizarres, qu'on ne peut pas prévoir leurs désastres. Il est évident que parti avec la certitude
d'une trahison conjugale, et voyant arriver sa femme
au rendez-vous supposé, le seigneur Arnold don-
nera, tout d'abord, un cours impétueux à sa rage.
Ce sera, comme on dit vulgairement, un mauvais quart d'heure pour ton infidèle; mais, ce
quart d'heure passé, quelques explications éclaire-
ront les deux époux. Il y aura entre eux vive

explosion de tendresse dont tu serais inconsola-
ble, cher ami, si le retour à Seelisberg ne devait
pas te venger abominablement du rapatriement
de nos deux tourtereaux. Or, tu vois d'ici ce qui
va se passer à Seelisberg, lorsque la disparition
de la fillette sera constatée,... ce sera scène dé-
chirante pour...

— N'achève pas... je rebrousserais chemin,
et il est écrit que je dois recommencer l'histoire
de mes vieux ancêtres... Ah! la petite a bou-
gé... Francis, je fais serment de chérir cet enfant comme si j'étais son père!

— Admirable transaction! s'écria Klein en
riant. Vrai, j'ai besoin de te voir à l'œuvre pour
ne plus douter de ton courage. Baron, tu vaux
mieux que moi, car ta main tremble en portant
des coups mortels. Tu aurais fait un bien pauvre Romain, et je ne te formerai pas sans peine.
Laisse-moi goûter en paix quelque repos; je me
sens fourbu de lassitude.

Francis s'enfonça dans un coin de la berline
et ferma les yeux.

Le jour commençait à poindre. Walter se
pencha vers Slimann, et, entr'ouvrant son burnous, il regarda Madeleine avec une singulière
expression de pitié mêlée de satisfaction et de
tendresse. Puis il fouilla dans l'une des poches
de la voiture, en retira un paquet et dit aux
reggabs:

— Occupons-nous de la toilette.

Mohammed, le second reggab, montra les vêtements qu'il avait apportés de Seelisberg.

— Non, lui dit Walter : ces habits ne sont pas assez beaux pour ma fille. Slamia doit être mise comme l'enfant d'un émir ou d'un chérif. Voilà le vrai costume qui lui convient.

Il ouvrit le paquet, et en retira de charmants petits brodequins en maroquin rouge brodés d'or, une ceinture (hazam), en laine verte et rouge, une longue et ample chemise en laine (gandoura) d'une finesse exquise et du plus beau blanc, une pièce d'étoffe de laine, souple mais chaudement fournie, destinée à envelopper le corps comme une draperie ([1]), une veste de velours vert taillée à la turque, semée de soutaches d'or et de petits boutons de même métal, un turban de laine et soie à bandes bariolées, un collier et des bracelets de corail à fermoir d'or.

Mohammed et Slimann regardaient avec admiration chacune des pièces de cette riche toilette. La veste turque leur causait quelqu'étonnement. Walter s'en aperçut et leur dit :

Elle aurait froid si je l'habillais selon la seule mode de son nouveau pays. Cette veste, qui est de trop pour l'usage, lui plaira et la réchauffera.

Alors, avec des précautions extrêmes, les reg-

([1]) Ce vêtement, à l'usage de tous les Arabes, prend le nom de haïk ou djerbi quand il est en laine et de *mel-haffa* quand il est en cotonnade.

gabs et le baron s'appliquèrent à la toilette de Madeleine. La pauvre chère petite laissa échapper quelques-uns de ces bons gros soupirs qui font la joie des tendres mères en ce qu'ils annoncent une santé vigoureuse et pésagent un joyeux réveil. Elle se frotta les yeux de ses deux mains allourdies, se retourna maintes fois contre le sein de Slimann, comme si elle eût voulu s'abriter dans le giron maternel, et ne pouvant pas ouvrir ses paupières chargées encore de sommeil, elle se laissa faire, abandonna chacun de ses membres, ses pieds mignons, sa tête blonde, son beau corps rose et blanc aux mains habiles des rudes serviteurs qui lui souriaient dans une muette contemplation.

Lorsque Madeleine fut ainsi travestie, le soleil perça la brume qui le voilait sur les cimes du mont Pilate, et il inonda la berline de ses rayons.

— Comme elle est belle! dirent à la fois les deux reggabs; l'esprit de Dieu vient la visiter... Cette lumière est de bon présage...

— Achevons, interrompit Walter. Elle est encore trop chrétienne comme cela. Alors, il ouvrit l'une de ces petites boîtes à parfums où les femmes arabes riches renferment leur *kohheul* (1), et il en tira une espèce de stylet taillé dans une corne de gazelle. Slimann comprit l'intention de

(1) Noir d'antimoine.

son maître; il prit le stylet dont il se servit comme d'un pinceau pour ombrer les paupières de la belle enfant. Il se livra à ce travail avec tant de patience et de légèreté, que Madeleine sentit à peine ses mouvements. A différentes reprises, toutefois, elle porta ses petits poings, à demi-fermés, sur ses yeux, comme pour chasser une mouche; puis ses mains retombaient avec grâce, vaincues, dans leurs efforts, par l'opiniâtreté d'un sommeil qui semblait commandé par l'ivresse.

Le reggab venait de donner la dernière couche de kohheul, au-dessus et au-dessous de l'arc des paupières de la chère petite, lorsque Walter, impatient d'en finir avec cet état de torpeur dont il commençait à s'inquiéter, prit dans l'une de ses larges mains les deux mains potelées de Madeleine, les réunit l'une sur l'autre pour les porter à ses lèvres et les baisa tendrement d'abord, puis avec force.

La fillette ouvrit à demi les yeux, fronça les sourcils, rejeta la tête en arrière, et poussa un grand cri qu'aucune langue ne saurait rendre.

— Bon! dit Francis, réveillé en sursaut, c'était bien la peine d'avoir affaire à ce chérubin... Par Vénus! voilà le portrait de l'Amour... ah! le délicieux tableau!

Walter avait courbé le front devant l'effroi du gracieux enfant qui, les yeux alors démesurément ouverts et remplis de terreur, arrêtait sur chacun de ses ravisseurs, et tour à tour, un regard fixe, profond, éperdu. Le ciel accablait de ses malédictions, par la muette accusation de l'un de ses plus beaux anges, le crime de ces quatre malfaiteurs dont pas un n'osait bouger.

Après le cri, première expression de l'épouvante, vinrent les larmes et, en même temps, Madeleine se blottit contre le sein du reggab pour y chercher un refuge. Elle se croyait encore aux bras de sa mère qui l'avaient, jusqu'alors, abritée contre toutes ses frayeurs, ses chagrins, ses désespoirs. Slimann l'éleva sur son épaule et glissa quelques baisers à travers ses cheveux débouclés. L'enfant jeta un nouveau cri ; le contact des lèvres rudes de l'Arabe venait de lui apprendre qu'il fallait renoncer aux embrassements de sa mère, et alors, dans ses sanglots, dans ses larmes, dans ses tressaillements convulsifs, la pauvre petite bégaya coup sur coup, sans relâche, et pendant longtemps, ce mot divin, le premier que nous sachions dire, parce qu'il doit être le talisman de notre vie entière : Maman ! maman !

— On te la rendra ta maman, dit Francis, ému, par miracle, à ce navrant appel.

Madeleine regarda le bandit, et le reconnaissant pour l'avoir vu causer avec ses parents, avec sa bonne et surtout avec sa mère, elle lui tendit ses petits bras dans un mouvement qui exprimait la plus touchante détresse et, en même temps, la plus suppliante espérance.

Francis prit la fillette sur ses genoux, et avi-
sant, dans les mains de Walter, l'un de ces mi-
roirs portatifs qui font partie du bagage privé de
toutes les jeunes femmes arabes, il s'en saisit et
le mit sous les yeux de Madeleine, en s'écriant:

— Puisque Catilina se déguise en bonne d'enfant, il faut lui laisser faire son joli métier.

Le hasard venait de servir à souhait les ravisseurs. Madeleine se regarda avec étonnement,
puis avec admiration et, enfin, avec grand plaisir. — Il y a toujours, dans l'innocence d'une
jeune fille au berceau, le germe fécond de la coquetterie d'une jolie femme. — Les lèvres roses
de la belle petite cessèrent, tout-à-coup, de fré-
mir sous les larmes qui les inondaient; un sourire d'abord trempé d'amertume vint flotter sur
sa bouche où il ne tarda pas à s'épanouir avec
cette grâce radieuse que la nature prodigue à la
seule enfance. Il était certain, il était évident
que Slamia plaisait à Madeleine; que la veste turque, le turban bariolé, les bracelets et les brodequins tressés d'or faisaient à l'infortunée musulmane une toilette qu'acceptait volontiers l'oublieuse chrétienne. Francis, charmé de cette découverte, abandonna le miroir aux mains de la
fillette, qui, sur-le-champ, se mit à jouer avec
son encadrement de plumes d'autruche et son
velours. De temps à autre, les petites lèvres de
la chère enfant se contractaient encore, et ses
joues frissonnaient comme à l'approche d'un san-

glot; mais c'était la fin du gros orage, et, déjà, il faisait beau dans ce tout jeune cœur, où, par charité divine, le désespoir et l'oubli ne se séparent, un instant, que pour s'unir bientôt après.

— Voilà, depuis bien longtemps, dit Walter à Francis, mon premier moment de bonheur,... elle vivra! J'avais tant peur de ne pouvoir pas l'élever loin de sa mère.

— Décidément, répondit Klein, je renonce à te comprendre : tu es le plus méchant des hommes, moi compris bien entendu, ou le plus timide des méchants... explique-toi une fois pour toutes, et je t'en saurai gré, car...

— Plus tard et bientôt... au pays de la Peur, interrompit Walter.

Et il offrit des gâteaux, des bonbons à Madeleine, qui, familiarisée avec les caresses de ses quatre compagnons de voyage, distraite par ses beaux habits, son miroir, ses friandises, les grelots de la poste, et toutes les belles choses de la route, se mit résolument en confiance, joua de genoux en genoux, tira les reggabs par leurs barbiches, chantonna, trépigna, gazouilla, et se rendormit, tenant à la bouche quelques grains de son collier, dont le corail était moins pur que le vermeil de ses lèvres.

Nous n'insisterons pas sur le récit du voyage entier qui s'effectua sans accidents. Les ravisseurs entrèrent en France par Bâle; et, sans s'arrêter, ils coururent jusqu'à Marseille, où ils

s'embarquèrent pour Alger. Partout, Madeleine
passa pour la fille du baron Walter, déguisé en
chef arabe; et partout la belle enfant fut admirée. Sa joie et sa santé ne s'altérèrent jamais.
Walter et les reggabs, en lui prodiguant des soins
maternels, lui laissaient à peine le temps d'ex-
primer un caprice praticable, de sorte qu'elle se
croyait au Paradis, dont sa petite maman et sa
gardienne, qu'elle était sûre de revoir bientôt
toutes les deux, lui avaient si souvent parlé.

Walter descendit, avec son monde, à l'hôtel
de la Régence, situé sur la place du Gouvernement, et qui était à cette époque, le seul grand
hôtel d'Alger. Le baron prit une singulière précaution. Du moment où il mit le pied sur le
sol africain jusqu'à la porte de l'appartement où
il s'enferma, il ordonna au reggab qui portait
Madeleine de cacher l'enfant sous son burnous;
et comme Francis, qui passait, depuis Lucerne,
pour le guide et l'interprète du riche Arabe,
demandait le pourquoi de ce mystère, Walter lui
répondit:

— Je me défie des beaux sentiments de notre Gascon Pompidou. Tant que nous serons en
pays civilisé, je ne me soucie pas qu'il voie Madeleine; sa probité révoltée pourrait nous faire
un mauvais parti, et il doit être à Alger, dans
cet hôtel.

— J'avais totalement oublié cet estimable produit du Lot et de la Garonne, s'écria Francis.

Comment te débarrasseras-tu de cet animal? A ta place, je le laisserais ici croquer le marmot, et je filerais plus loin... Il ne nous reconnaîtra pas s'il nous rencontre.

— Ce ne serait pas délicat, répondit le baron avec gravité.

— Plaît-il? fit Klein au comble de l'étonnement.

— La parole est engagée... je n'ai jamais manqué à ma parole.

— De la Méditerranée au Cap de Bonne-Espérance, je ne trouverai pas ton pareil, dit en riant Francis Klein, et, pour méditer sur ta belle sentence, je vais faire un tour dans la capitale des Barberousse... Par Jupiter, l'ami, si je ne craignais pas qu'on t'envoyât au bagne à la requête des époux d'Amstadt, je t'engagerais à concourir pour le prix Montyon... Baron, baron, je te le répète une fois de plus, tu vaux moins que moi... bien le bonjour...

Francis s'éloigna, descendit sur la place du Gouvernement, et s'y promena les mains croisées derrière le dos. Inutile de dire qu'il ne portait plus la livrée assez misérable que nous lui avons vu prendre en partant de Seelisberg. Il était fort décemment couvert, il avait toute l'aisance des aimables désœuvrés.

— Pardieu! se dit-il, en observant du coin de l'œil un quidam par lequel il avait été croisé plusieurs fois, voici mon Pompidou. C'est à croire

II   5

qu'il m'examine et m'étudie... Je vais, peut-être, pouvoir servir mon associé Walter tout en me divertissant.

En effet, c'était bien Pompidou qui, depuis un gros quart-d'heure, passant et repassant devant Francis, le regardant en-dessus et en-dessous, marmottait entre ses dents :

— Il est impossible que deux hommes se ressemblent de cette façon... C'est le mendiant de la Treib, moins la besace, la barbe blanche et les haillons; c'est le cicerone du baron, c'est notre aveugle... mais non, un aveugle ne marche pas si droit, et, surtout sans bâton... c'est lui, ce n'est pas lui... tant pis, je l'accoste...

— Monsieur, dit le rusé Gascon, en saluant assez bas, j'ai l'honneur de vous offrir mes civilités.

— Monsieur, répondit Klein, sans chercher à déguiser sa voix, et tirant son chapeau, tout l'honneur est pour moi... A qui ai-je le plaisir de parler ?

— Eh quoi! vous ne me reconnaissez pas?... Ah! mille pardons, j'oubliais que vous êtes aveugle.

— Votre courtoisie m'honore, mais elle me dépare, Monsieur, je jouis d'une vue perçante, et il me faut, vraiment, fermer les yeux pour n'y pas voir... Puis-je savoir à qui j'ai l'avantage de parler ?

— Jean Pompidou, de Lot-et-Garonne, et vous, Monsieur, n'étiez-vous pas, le mois dernier, à l'auberge de la Treib, sur le lac des Quatre-Cantons en Suisse?

— Ah! mon cher Monsieur, s'écria Klein sans répondre à la question, puisque vous arrivez de ce pays neigeux et glacé, quel bonheur est le vôtre de pouvoir respirer, en janvier et à pleins poumons, l'air tiède de ces contrées où l'oranger est véritablement l'ami de l'homme. Parlez-moi de l'antique Helvétie, je vous parlerai des vieilles Mauritanies.

Francis s'arrêta court dans ses frais d'éloquence, car il vit venir droit à lui, de l'un des bouts de la place, son ami Walter qui marchait du pas mesuré, lent et majestueux d'un muphti, l'épaule drapée dans les plis corrects de deux burnous.

— Voilà un beau Turc! dit Pompidou en montrant du doigt le baron. Ah! cap dé diou, le bel homme!

XV

La place du Gouvernement à Alger est aujourd'hui un charmant lieu de promenade planté d'arbres, environné de superbes maisons, et dans une situation pittoresque d'où le regard saisit, en

s'élevant, le pâté montagneux de la vieille ville
encombré de terrasses mauresques; en s'abaissant,
la pleine mer, le port rempli de navires, des
quais magnifiques et, par une lumineuse échap-
pée, l'embouchure de l'Arach, un coin de la Mitidja, enfin les cimes majestueuses des montagnes
kabyliennes.

En 1836, époque où nous prenons ce récit,
l'aspect de la place du Gouvernement ne présen-
tait pas tout ce bel ensemble, dû aux perfection-
nements de notre industrie. Les maisons n'é-
taient ni neuves, ni hautes, ni élégantes, à l'exception, toutefois, du riche hôtel de la Régence
qu'on venait d'achever; mais le touriste, amateur
de nouveautés, l'imagination rêveuse aimant l'art
pour l'art et bâtissant de fantastiques palais sur
des ruines, préféraient cette promenade, que le
soleil éclaire en janvier comme au printemps,
telle qu'elle était en 1836, à ce qu'elle est maintenant. On y voyait, ce qui se voit encore,
mais avec beaucoup moins de cachet, des échan-
tillons de toutes les races indigènes mêlés, sans
confusion, à une nombreuse variété de l'espèce
humaine du continent enropéen. Les costumes
abondaient en tous sens, et l'oreille saisissait, de
proche en proche, des dialectes différents qui auraient pu faire croire à une nouvelle confusion
des langues. La place était bien plus étroite,
les rues voisines avaient des sinuosités mysté-
rieuses; la Janina, vaste construction turque, ré-

cemment tombée sous le marteau du progrès, regardait de ses fenêtres byzantines la grande mosquée, aujourd'hui décorée d'une horloge ; une fontaine arabe, pourvue d'une tassette enchaînée, y rafraîchissait gratis les indigènes, que de nombreux limonadiers abreuvent, de nos jours, à prix d'argent. De toutes parts, on entendait résonner la guitare mahonnaise, le tam-tam du nègre et la flûte en roseau du Bédouin. Ces instrumens naïfs, interprètes, quelquefois discordans, d'une musique empreinte de fraîcheur et de mélancolie, a été, comme de juste, détrônée par de savans orchestres régimentaires. Enfin, il y avait là bon nombre de choses qui ne sont plus, qu'on se prend à regretter quelquefois, et que le souffle civilisateur a dispersées.

La civilisation fait beaucoup, mais elle fait tout en prose ! et elle fait bien ; il y a si peu de poètes de par le monde, pour tant de poésie que le créateur verse à flots sur la terre !

Pompidou était à Alger depuis deux jours. Ces deux jours, il les avait entièrement donnés au *far niente*, à cette voluptueuse et intelligente flânerie dont les Français de quelque esprit possèdent le beau secret. Notre Gascon se pâmait d'aise aux molles émanations du tiède hiver de cet heureux pays où les fées — du temps qu'il y avait des fées — devaient certainement habiter des villas.

Le gousset bien garni, grâce à la munificence

du baron Walter, Pompidou ne craignait pas de s'aventurer dans une enfilade de rêves merveilleux qu'il faisait tout éveillé. 'Les contes de sa nourrice lui revenaient en mémoire, et il s'était écrié souvent, dans d'éloquens monologues :

— Je suis évidemment lancé sur le chemin de la fortune, puisque déjà je n'ai plus ni faim, ni soif, ni froid, et s'il est écrit que je serai quelque chose quelque part, c'est ici. non pas ailleurs, car je fais vœu de ne plus passer les mers.

Pompidou avait fouillé la ville dans tous les sens. Il était sorti par la porte Bab-el-Oued pour visiter un charmant ravin déjà surnommé le Frais Vallon, et il s'était dit, en entendant gazouiller les petits oiseaux sous le feuillage toujours vert des oliviers : Voilà une nature naturelle! voilà du paysage à faire damner les Suisses. En voilà de l'eau! s'écriait-il, lorsque, sorti de la ville par la porte Bab-Azoun. il contemplait, soit le cirque immense de Mustapha, où la mer vient rouler des coquillages, soit de gentils ruisseaux que Florian eût chantés, s'il fût venu leur demander du liseron pour ses bergères.

— L'aventureux Gascon s'en donnait à cœur joie dans ce séjour enchanteur qui semblait créé tout exprès pour lui. Il prenait une indicible volupté à déboutonner sa veste, à marcher tête nue, à humer l'air et à renouer connaissance avec le soleil qu'il avait perdu de vue. disait-il, depuis son expatriation en Suisse.

— Quel pays que le pays de la Peur, s'é-
criait-il, si cette ville printanière en est la capitale!
Quels jours fortunés seront les miens, parmi
tous ces braves gens vêtus à la légère en janvier,
le plus frileux, sans contredit, des douze com-
pères de l'almanach.

Pompidou allait reprendre le fil de la conversation avec Francis Klein, lorsque Walter de Seelorf l'aborda.

Ah! triple Dieu! s'écria le Gascon reculant
et avançant: c'est vous, Monsieur le baron! on
voit donc de tout dans ce pays de cocagne!

— Bonjour,. mon garçon, dit Walter, avez-
vous fait bon voyage?

— Excellent, et vous? Ah çà! mais vous
prenez décidément toutes les figures, tous les
costumes.

— Vous allez, je l'espère bien, changer de
tenue, vous aussi.

— Moi... est-il nécessaire que je m'entor-
tille de bournous?

— Sans doute, et toi aussi, mon cher Francis.
J'ai fait porter à l'hôtel, déjà, vos deux costumes.
Étrange caprice du destin. Tu n'étais qu'un mendiant à la Treib, ici tu seras un sidi, un mon-
seigneur...

— Qu'est-ce que vous me disiez donc? interrompit vivement Pompidou, s'adressant à Francis.
Vous voyez bien, car vous y voyez, que je vous
avais reconnu.

— Mais oui... vous avez du flair, répondit Francis avec gaîté, cela vous servira. Ce gaillard-là peut nous être très utile ou dangereux, ajouta-t-il en allemand, défie-toi, Walter.

— Il sera dangereux, dit dans la même langue le baron.

— Ah! dam, reprit Pompidou, moi, d'abord, j'ai un œil plein de mémoire, et j'aurais fait un fameux commissaire de police. Je crois que je reconnaîtrais à trente ans, un homme que j'aurais quitté au berceau.

— A bon entendeur, salut! murmura Klein.

— Eh bien! demanda Walter au Gascon: regrettez-vous la Suisse?

— Demandez à saint Jean, mon patron, si, du haut du Paradis, il regrette la terre.

— Le pays de la Peur n'est pas le Paradis, mon ami.

— C'est même tout l'opposé, ajouta Klein.

— C'est donc l'Enfer? demanda Pompidou en riant.

— Peut-être bien.

— Pourquoi ça?

— Parce qu'on y grille, pardieu!

— Ça me va... Quand partons-nous?

— Cette nuit, répondit Walter... Venez vous habiller.

Le baron rentra à l'hôtel, et mit le Gascon en présence des deux reggabs.

— Oh! oh! se dit Pompidou, ce qui se passe

par ici est véritablement extraordinaire. J'en ai la migraine, parole d'honneur! Me voilà en pleine société de moricauds, et quelque chose me souffle à l'oreille que si je me suis rapproché du soleil, je me suis beaucoup éloigné de la vieille honnêteté de mes père et mère... Allons! de l'œil et du nez... Étudions un peu ces gens-là.

Les reggabs habillèrent Klein et Pompidou avec beaucoup de dextérité. Klein se prêta de la meilleure grâce à toutes les exigences de sa toilette; mais Pompidou fit de nombreuses objections, surtout lorsqu'on lui rasa la tête à la mode orientale.

La petite Madeleine n'avait point paru, et, lorsqu'à l'heure fixée pour le départ, on amena, devant la porte de l'hôtel, les mules que devaient monter les voyageurs, Pompidou vit bien un des reggabs se mettre en selle, chargé d'un volumineux paquet, qu'il portait avec de grandes précautions; mais il ne put, quoi qu'il fît, savoir ce que c'était que ce paquet.

La petite caravane s'engagea dans la rue Bab-Azoun, monta sur le plateau de Mustapha et tira droit, par la voie romaine, sur le hameau de Birmandreis.

Pompidou se trouvait immédiatement devant Walter qui fermait la marche. Les voyageurs observaient un profond silence, la lune étincelait dans un ciel inondé d'étoiles; on n'entendait que les pas vivement répétés des mules qui se dépêchaient comme si elles eussent été poursuivies.

Le reggab Mohammed, dédaignant toute monture, cheminait à pied son bâton à la main, et dirigeait ses compagnons.

Pompidou, abandonné à ses réflexions, interrogeait, tout à la fois, sa raison, son intelligence rusée, sa conscience et son excellent cœur.

— Je n'y vois goutte, se disait-il; la nuit est certainement plus claire que mon affaire. Voilà un baron qui a d'abord été un Anglais.... Je l'ai conduit à Seelisberg. Il s'est fait donner la clé de la petite porte du parc... Il a mis cette clé dans sa poche. Il m'a racolé.... il a racolé un vieux mendiant, qui n'avait de vieux qu'une barbe blanche postiche. Ce mendiant était aveugle... il y voit, aujourd'hui, comme un chat...; et ces deux moricauds à longues jambes tombés à la Treib par miracle, et retombés à Alger par enchantement.... et ce voyage mystérieux... et mon Anglais devenu baron de Seelorf pour se métamorphoser en Turc! Il y a là dessous quelque chose de trop fort pour ma caboche...; je parierais que me voilà enrôlé dans une bande à Mandrin!... mais nom d'un petit bonhomme! qu'est-ce donc que ce paquet qu'on porte là-bas avec tant de précaution?... faut voir, Pompidou, faut voir, mon fils, et si ces gens-là sont ce qu'ils paraissent, des malfaiteurs, tu joueras des jambes... C'est bien beau d'avoir chaud toute sa vie, mais on ne peut pas vivre de chaleur et mourir de honte.

Pompidou s'appliqua, de son mieux, à observer la route. Il cassa, de loin en loin, des branches de lentisque et d'olivier pour se donner des points de repère saisissables, et il crut déployer assez de ruse dans cette précaution renouvelée du Petit-Poucet, pour n'être pas remarqué de Walter qui le suivait de quelques pas. Walter s'était aperçu du stratagème; il en avait souri, et, loin de s'y opposer, il avait, lui aussi, cassé des branches comme s'il eût voulu favoriser le retour à Alger de son défiant serviteur.

Après une marche de six heures, coupée de deux courtes haltes, les voyageurs se trouvèrent avoir dépassé la ville de Blidah. Ils avaient appuyé à leur droite, dans la plaine de Bouffarick, et ils s'arrêtèrent aux premiers gradins de l'Atlas, aux environs des gorges de la Chiffa.

L'air était vif. Pompidou s'en plaignit à Walter qui ordonna aux reggabs d'allumer du feu. Le Gascon put, bientôt, se délasser de ses premières fatigues aux flammes pétillantes d'une énorme broussaille incendiée par les deux Arabes. Il admira, tout en se chauffant devant, derrière, la rapide obéissance de ces serviteurs qui, l'œil attaché sur leur maître, semblaient toujours deviner ses moindres volontés, et se précipitaient au-devant de ses désirs.

— Si c'est un chef de brigands, comme je le crois, se disait-il, c'est une rude bande que

la sienne, et, double Dieu! j'y serais bien ma-
ladroit.

Pendant que les reggabs allumaient le feu,
Walter s'était chargé du paquet qui stimulait à
un si haut degré la curiosité de Pompidou.

Tout à coup, le baron dit à Klein :

— La petite pourrait bien avoir froid, elle
aussi... qu'en penses-tu ?

A ces mots, Pompidou dressa l'oreille. Un
soupçon douloureux, terrible, traversa son esprit;
il demeura sans voix, quoiqu'il eût ouvert instinc-
ivement la bouche pour interroger ou se récrier.

— Il n'y a pas de mal à l'approcher du feu,
répondit Klein avec un grand sérieux, les petites
filles sont comme les vipéraux, la chaleur les
nourrit.

— Toi, tu m'as l'air d'un fameux gredin,
pensa le Gascon; et il ne put, malgré son parti
pris de paraître indifférent, retenir un cri de
surprise.

— Eh! mon Dieu! fit-il en joignant les mains.

— Qu'avez-vous? que vous arrive-t-il demanda Walter.

Le baron venait de dérouler les haïcks et le
bournous qui enveloppaient Madeleine. Le délicieux visage de la pauvre mignonne profondément endormie était apparu aux yeux épouvantés
de Pompidou.

— C'est la petite d'Amstadt, dit-il, la fille de
Mme Thérèse!

— Précisément, répondit Walter avec le plus grand calme.

— Eh! mais, vous l'avez prise à sa maman?

— Sans doute, puisque la voilà.

— Et que voulez-vous en faire?

— J'y réfléchirai... Ne m'avez-vous pas raconté l'histoire des barons de Seelorf dans l'ancien temps?

— Oui, répondit l'honnête Pompidou en tressaillant.

— Eh bien! ce qu'ont fait mes pères, je l'ai fait, moi.

— Dam! ce sont choses qui vous regardent, Monsieur le baron... chacun prend son bien et son plaisir où il les trouve.

— Êtes-vous réchauffé?

— Oh! je n'ai plus froid.

— Alors, repartons... le jour ne tardera pas à reparaître.

La petite troupe se remit en route.

— Tiens! pensa Pompidou: quelle chance! on me laisse derrière... Attendez, tas de brigands... que je puisse choisir ma belle, et vous saurez si je m'entends à détaler.

Au bout d'un quart-d'heure de marche, et pendant qu'on était engagé dans un étroit défilé, Pompidou, qui avait considérablement ralenti le pas de sa mule, se jeta brusquement derrière un fourré. Nul ne se retourna pour le rappeler. Il attendit quelque temps encore; puis, excitant sa monture, il tourna bride et reprit, avec vitesse, le sentier qui devait le ramener dans la direction d'Alger.

— Il nous vendra, si des maraudeurs ne lui coupent pas le cou en route, dit Francis au baron.

— Laisse-le courir maintenant, répondit Walter ; nous sommes hors de poursuite, et le pays de la Peur est inconnu de l'Europe entière.

XVI

La superbe route par laquelle on franchit, aujourd'hui les gorges de la Chiffa, entre Blidah et Médéah, n'existait pas en 1836. Cette route, véritable œuvre d'art, due, tout entière, aux bras de l'armée, a été creusée dans le roc pour longer dans ses capricieux détours l'impétueux torrent que grossissent sur ses deux rives de nombreuses cascades échappées des flancs boisés et des sommets de la montagne. De lourdes diligences entraînées sur cette chaussée de granit par six et sept cheveaux descendent maintenant, avec une effrayante rapidité, des pentes du Nador à la plaine de la Mitidja, sans qu'aucun sinistre ait jamais signalé leur course aventureuse. Les voyageurs ont le vertige, lorsque le postillon arabe chargé de conduire ce relai périlleux saisit les guides avec une main de fer, se dresse, presque debout, sur son siége, rassemble ses chevaux en peloton sous son fouet qui détonne d'écho en écho comme un arme à feu, et les lance au galop rasant les bords du précipice où mugit, à une énorme profondeur, l'eau limpide de la Chiffa.

Au temps de cette histoire, la route n'était seulement pas frayée. Dans les jours de grande sécheresse, on pouvait cheminer, tant bien que mal, dans le lit de la rivière; mais au moindre orage, les voyageurs, détournés par le torrent, suivaient, lorsqu'ils ne voulaient pas prendre par le col de Mouzaïa, un sentier difficile, tracé, de crète en crète, au-dessus de la rive droite.

Walter et ses compagnons s'étaient engagés dans ce sentier, l'émir Abd-el-Kader avait recommencé la guerre sainte depuis l'été de l'année précédente (1835), et toutes les tribus de la montagne que rencontra notre caravane lui firent le meilleur accueil, car elles étaient hostiles aux chrétiens.

Dans la soirée, Walter atteignit la ville de Médéah, résidence du khalifat d'Abd-el-Kader pour la province de Tittery.

— Le reggab qui marchait en tête de la troupe s'arrêta devant une maison d'assez bonne apparence. Cette maison appartenait à un Arabe riche et influent. Walter y fut reçu avec beaucoup d'égards, beaucoup d'empressement, et une joie manifeste. L'hospitalité fut généreuse, selon la coutume ordonnée par le prophète, et Francis Klein fut l'objet de soins tout particuliers. La journée du lendemain fut consacrée au repos. Walter alla rendre visite au khalifat avec lequel il eut une longue conférence. Présenté à ce chef important, Francis s'étonna de trouver dans les formes et la conversation d'un barbare ce riche cachet de distinction native qui est, en Europe, le privilége des hommes d'élite, et, admirant le beau fusil incrusté de corail que le lieutenant de l'émir lui offrit en cadeau, il augura bien d'un avenir annoncé par tant de courtoise.

Le surlendemain, les voyageurs se remirent en route ; mais cette fois, ils quittèrent leurs mules pour monter sur des mehara que des hommes d'un aspect étrange leur avaient amenés pendant la nuit.

— Qu'est-ce que c'est que ça ? avait demandé Francis au baron, en montrant les méhara, sont-ce des dromadaires ou des chameaux ?

— Pour le vulgaire ce sont des chameaux, pour les connaisseurs des mehara, pour l'Arabe du Sud qui poétise toute chose, *ce sont les vaisseaux de la terre;* cette figure de rhétorique n'a rien d'exagéré, en ce que les caravanes ne sauraient naviguer dans la mer des sables si elles n'avaient pas recours à la rapidité comme à la sobriété des méhara qui, du soleil à la nuit, font de trente à quarante lieues sans être presés. Tu auras bientôt l'occasion d'étudier les précieuses qualités de ce noble animal, et tu vas, dès à présent, t'en servir.

— Très bien. Et ces hommes armés de boucliers et de lances dont le visage est voilé, d'où viennent-ils? qui sont-ils?

— Ce sont les habitans du pays de la Peur.

— Diavolo! ils n'ont pas, en effet, une tournure bien rassurante, et sentent le terroir...

— Tu t'y feras. Il y a beaucoup de bon et de mauvais chez eux, selon la manière qu'on a de s'en servir. On les appelle *Touareugs.* Tu es verras à l'œuvre. Partons, le soleil monte à l'horizon, et nous avons une forte étape à faire aujourd'hui.

Au commandement des Touareugs, les mehara s'agenouillèrent et s'accroupirent pour recevoir leurs cavaliers, qui se logèrent, chacun dans sa *rahhala* (¹), puis ils se relevèrent, et la petite troupe se mit en marche.

Le reggab Slimann portait, devant lui et avec grand soin, Madeleine, qui l'avait pris en vive affection.

Après avoir fait une douzaine de lieues environ, les voyageurs arrivèrent sur le dernier contrefort du *Tell.*

(¹) Sorte de selle à siége concave dans laquelle le cavalier est assis comme dans une cuvette, le dos appuyé sur un large dossier, les jambes croisées sur le cou de l'animal.

II   6

— Ah! ah! dit Francis, voilà enfin un semblant de rivière et quelque chose qui m'a tout
l'air d'un pont.

— Cette rivière est un fleuve, répondit Walter, et tu aurais tort de le traiter cavalièrement;
car c'est l'un des plus grands cours d'eau de
notre nouvelle patrie.

— Son nom, pour que je lui rende hommage?

— C'est le Chéliff. Les quelques maisons que
tu vois semées sur le plateau que nous allons
escalader, constituent la cité de Boghar. L'émir
Abd-el-Kader a, ici, une fabrique d'armes et une
prison d'État. Continuons d'avancer et tu contem-
pleras l'un des plus beaux panoramas qui puis-
sent frapper les yeux d'un peintre et d'un poète.

— Mon cher ami, songe que nous quittons
la Suisse.

— Eh bien! c'est un contraste que je vais
te montrer.

Le soleil étincelait dans l'azur d'un ciel splen-
dide; la vue portait au loin à travers la trans-
parence de l'éther africain. Le baron fit halte
sur le plateau de Boghar. Francis jeta un cri
d'admiration.

— Pas encore, lui dit Walter. Le soleil gêne
le regard et donne aux choses de la terre des
tons uniformes que la peinture n'accepte pas.

— En effet, je suis ébloui.

— Nous passerons ici la journée, reprit le

baron. Je médifie mon itinoraire par pure coquetterie pour notre beau pays que je tiens à te présenter en jour de gala. Dans la soirée, quand le soleil éteindra ses feux là-bas, à ta droite, vers les montagnes que nous avons franchies, nous reviendrons à ce riche tableau que je préfère à toutes les vues de l'Oberland et du Righi.

Les Touareugs plantèrent les tentes, et, quand l'heure fut venue, Walter conduisit son ami au point le plus favorable pour l'observation.

— Ce que tu vois là bas, au nord, dit-il à Francis émerveillé : cette large tache noire, c'est la forêt de Serneim et, plus loin, le Mogorno, montagne dont nous avons contourné les flancs pour venir de Médéah. Cette belle plaine, traversée par les méandres du Chéliff, appartient à la forte tribu des Ouled-Hamza. Tu peux admirer l'opposition artistique d'ombre et de lumière qui anime ce vaste coin de notre panorama, la verdure noirâtre de la forêt, les reflets gris de la montagne, les blondes ondulations des herbages de la plaine. Au sud, ta vue atteint d'une part les sept têtes du *Seba-Rousz*, montagne qui surgit du massif de Guet-el-Settel à vingt-huit lieues de notre observatoire, puis elle plonge, à travers une énorme étendue d'alfas, jusqu'à la région des hauts plateaux en avant desquels tu aperçois, à trente lieues d'ici, le haut piton de Chellala.

6*

— Quelle immensité! s'écria Francis, quel silence! quelle solitude!

— Ce n'est que le vestibule du Sud, mon ami; ces jeux de lumière qui teintent en rose les parois de granit des hauteurs, et promènent un voile d'argent sur la plaine te paraîtront mesquins quand tu les compareras aux beautés du désert, à ses vagues aspects, à sa véritable immensité. La Suisse que les Européens vont contempler, n'offre aux enthousiastes que du paysage; ses vues sont étroitement encadrées; l'homme est, à chaque pas, sous les yeux du touriste auquel le Créateur semble montrer une œuvre d'art caressée par son divin génie. Mais, ici, l'homme a disparu, c'est un grain de sable dans l'océan des sables; on oublie sa puissance, on ne songe plus à lui. Les horizons, reculés à l'infini, se laissent chercher même au-delà de leur courbe apparente que percent les yeux de l'âme avides d'interroger des mystères. On se lasse de regarder les plus beaux sites de la Suisse, qu'ils soient rians ou mélancoliques; on ne se fatigue jamais de contempler le désert; un irrésistible aimant fixe l'imagination à ses splendides tristesses; l'homme s'y trouve, pour ainsi dire, face à face et seul à seul avec Dieu, dont la majesté rayonne sur ces choses terribles, sublimes, effrayantes et attrayantes tout à la fois. L'homme se sent tout petit; il écrase de lui-même son orgueil et, enfin, faut-il te l'avouer, en s'abaissant devant son maître il s'élève dans sa propre estime.

— Assez, interrompit Francis, évidemment ému : oublies-tu donc que mes mains sont chargées d'un crime commis à ton profit?

— Dans la vie qui nous attend, reprit Walter d'un ton morose, je ne veux être suivi que de compagnons assez courageux pour ne jamais se repentir. Tu es, ici, mon cher Klein, aux portes qui s'ouvrent sur le désert et se referment sur le Tell. Si ce que je t'ai montré ou fait entrevoir intimide ton courage, ébranle ta résolution, il est temps encore d'imiter l'honnête Pompidou et de battre en retraite... Retourne en Europe, j'assurerai ton voyage... là...

— Monsieur le baron de Seelorf, s'écria Francis, je prends volontiers des leçons de paysage; mais, en morale, je n'en reçois de personne... Allons dîner, j'ai grand faim.

— A merveille, répondit Walter. Viens dire, alors, un dernier adieu au monde à peu près civilisé. Tiens, ajouta-t-il après avoir conduit Francis sur le premier des mamelons boisés qui vont, par étages, de Boghar vers l'ouest, regarde ces deux villes prêtes à disparaître dans les molles vapeurs du crépuscule, et suspendues dans des nids de verdure : c'est Médéah, c'est Milianah; ce sont deux perles du Tell, pays des riches moissons et des jouissances efféminées... Eh bien! Francis, je fais serment de n'y jamais remettre les pieds, c'est-à-dire de ne jamais revenir à la civilisation... et toi?

— Moi? répondit Francis en souriant, je me sens en pleine liberté dans des régions débarrassées des lois humaines, du Code civil, des gendarmes, des gardes-champêtres, et tu voudrais que je me fisse l'esclave d'un serment quelconque? A quoi penses-tu, bonté du ciel!... Mon cher Walter, l'air est très-vif sur ces hauteurs, et je mangerais, avec satisfaction, l'un des moutons qu'on nous a servis hier, embrochés tout entiers, chez le khalifat, ton ami... allons dîner, que diable!

Le lendemain, la caravane descendit du plateau de Boghar pour s'enfoncer dans la plaine en marchant vers le Sud.

XVII

Avant de nous enfoncer, nous aussi, dans le désert et jusqu'au pays de la Peur, nous aurons à revenir en Suisse pour une simple visite à Fluelen et à Seelisberg. Serait-il possible de nous résoudre à ne pas suivre le baron Arnold, à ne pas devancer la mère de Madeleine dans cette nuit terrible du 23 décembre où nous les avons vus quitter, furtivement et successivement, le toit conjugal pour courir, Arnold à la poursuite d'une vengeance, Thérèse à la recherche d'une justification qui pouvait, et devait reconcilier deux ennemis mortels?

Arnold d'Amstadt ne s'était pas plus tôt senti en liberté dans la campagne, qu'il avait pris sa course dans la direction de l'auberge de la Treib, où il espérait trouver un bateau prêt à franchir le lac jusqu'à Fluelen.

— Que l'homme est insensé! se dit-il après avoir fait, tout d'une haleine, la moitié du chemin — je me hâte, et je vais au-devant de la plus poignante douleur. Je me hâte, et le maudit que mes pas vont atteindre, dût-il expirer sous mes coups, ne me rendra jamais ce qu'il m'a ravi... le bonheur... l'honneur peut-être! Ne ferais-je pas mieux de m'arrêter ici, de me tuer et de laisser ma dépouille en travers de ce sentier pour que la malheureuse qui a trahi tous ses devoirs en m'outrageant, passe sur mon corps lorsqu'elle ira se jeter dans les bras de son amant!...

Arnold s'arrêta court à cette pensée; puis il porta la main aux pistolets cachés sous son habit et il se sentit, pendant quelques instants, irrésistiblement entraîné au suicide.

— Sans me venger! s'écria-t-il. Non... elle ne me pleurerait pas, et lui... il rirait de ma simplicité... tous deux seraient délivrés!... On

a toujours le temps de jeter bas le fardeau d'une
vie insupportable... Allons jusqu'au bout, et jusqu'au bout courage!

Au petit port de la Treib, le baron perdit
près d'une heure à attendre le batelier qui devait le mener directement à Fluelen. Le patron
Knoll était à Lucerne, et ses confrères n'avaient
pas, il s'en fallait de beaucoup, sa dextérité pro-
verbiale à servir les voyageurs. Quoi qu'ils fussent deux attablés chez maître Mesmer, Arnold
passa par leur bon plaisir, et ne put s'embarquer
qu'après le dernier verre de vin complaisamment
vidé rubis sur ongle.

Arrivé à Fluelen, le baron garda le bateau à
ses ordres, et se rendit à l'hôtel de la Croix-
Blanche. Fluelen est un joli village situé à l'ex-
trémité orientale du lac des Quatre-Cantons, et
qui, placé à la fois sur le chemin d'Altdorf et
de la Lombardie, est très fréquenté pendant la
belle saison. Mais, en hiver, les étrangers ne se
montrent là que par accident, et il serait impossible d'y passer inaperçu.

Arnold interrogea l'hôte et ses domestiques
pour avoir des nouvelles du baron Walter, dont
il donna le signalement. Il fit plus: il alla se
renseigner à l'hôtel de l'Aigle-Noir, le seul qui
fasse concurrence à la Croix-Blanche, et comme
son cousin ne s'était montré nulle part, il se ré-
signa, non sans une vive impatience, à attendre
la journée du lendemain, s'enferma dans une

chambre dont les fenêtres donnaient sur le port et se jeta dans un fauteuil près d'un gros feu.

Après avoir vainement cherché à s'assoupir, le baron, qui comptait les heures avec anxiété, s'avisa d'ouvrir une fenêtre autant pour rafraîchir sa tête brûlante que pour demander une distraction aux bruits de la nuit et du dehors. Il lui sembla entendre, après quelques instans d'attente, le mouvement cadencé de deux rames plongeant dans les eaux du lac.

— Si c'était lui! se dit-il, que vous seriez juste et bon, mon Dieu!...

Il écouta encore, et se pencha sur l'appui de la fenêtre pour mieux saisir le bruit lointain. Il n'y avait plus à en douter: un bateau s'avançait du large; au choc répété des avirons, se joignait le gémissement du flot tranché par la proue. Le vent était entièment tombé; la barque ne pouvait marcher qu'à la rame.

— C'est lui, murmura Arnold; nul ne voyage, en ce temps, s'il ne s'appelle Walter ou... Thérèse, et c'est moi qui remplace Thérèse: c'est lui, le voilà; il saute sur la plage. Soyez béni, mon Dieu! soyez glorifié. Ah! tu t'es fait accompagner, ajouta le baron en apercevant trois ombres. Eh bien! soit! ma vengeance aura deux témoins. Tu viens dans cette maison; que les portes t'en soient ouvertes au plus vite. Oui, frappe, maudit, c'est moi qui vais aller te recevoir; mais...

Le cœur d'Arnold reçut tout-à-coup l'un de ces chocs qui semblent dirigés et causés par la foudre. Le souffle qui vibrait sur ses lèvres s'éteignit dans un soupir; un voile passa sur ses yeux et tout son corps frissonna.

Une voix de femme venait de répondre à l'interpellation du domestique, trop prudent pour ouvrir au premier venu et en pleine nuit la porte de l'auberge. Dans le son de cette voix, Arnold avait reconnu Thérèse demandant, avec une impatience mêlée de trouble et d'autorité, qu'on lui donnât l'hospitalité due à tout voyageur.

— Le crime est accompli! murmura le baron... Cette malheureuse aura reçu un second avis... La voilà accompagnée de son complice peut-être... la voilà loin de son enfant oublié!... Honte et douleur, mon Dieu!

Thérèse et Schmitt, son guide, furent introduits dans une grande salle du rez-de-chaussée. Arnold s'était précipité à la rencontre du domestique au moment où celui-ci allait ouvrir la porte du dehors et il lui avait dit:

— Les gens qui frappent ici ne doivent pas se douter de ma présence dans cet hôtel; silence donc à toute question directe ou indirecte sur ma personne... Allez, mon ami, voilà qui paiera votre discrétion.

Arnold était remonté dans sa chambre pour attendre les événemens. Cette chambre, située au premier étage, donnait sur le grand escalier.

Le baron en ouvrit la porte après s'être promené de long en large pendant quelque temps, et dans une grande agitation.

Mme d'Amstadt avait, en franchissant le seuil de l'hôtel, demandé si le baron Arnold de See-lorf ne s'était pas présenté dans la soirée. A la réponse qui lui fut faite, elle comprit que son mari était inconnu par son nom à la Croix-Blanche, et elle en donna le signalement.

— Mon brave Schmitt, dit-elle au garde-chasse, puisque M. Arnold n'est pas ici, nous le retrouverons certainement à l'Aigle-Noir, il faut y aller.

— J'y vais, moi, Madame la baronne, et je vous porterai réponse dans un moment. M. Arnold est peut-être bien à rôder dans le village... Soyez sûr que nous le trouverons dès qu'il fera jour. Pour l'amour de Dieu et de votre chère enfant, allez prendre un peu de repos près d'un bon feu... Vous êtes toute transie...

— Je n'ai pas froid, courez à l'Aigle-Noir...

— J'irai quand vous m'aurez promis de vous réchauffer.

— Eh bien! partez, je vous obéirai.

Schmitt sortit sur-le-champ de l'hôtel, et le domestique offrit à la baronne de la conduire dans sa chambre. En montant l'escalier qui, nous l'avons dit, conduisait à l'appartement d'Arnold, Thérèse continua d'interroger le domestique. Arnold entendit la voix et les pas de sa femme, et vint se mettre en faction près de la porte entr'ouverte.

— Mon ami, demanda la baronne, avez-vous quelques étrangers à Fluelen malgré la mauvaise saison ?

— Non, Madame, pour le moment nous n'avons personne. La semaine dernière, il nous est arrivé un mylord par la route d'Italie, mais il est reparti le même jour, pour la Treib ou Brounen, ou Seelisberg, je ne sais pas au juste... Il est parti sur la barque du père Knoll par un temps et une nuit terribles.

— Mon Anglais de la Treib, pensa Arnold.

— Comment était-il ce mylord ? demanda Mme d'Amstadt, s'arrêtant et s'appuyant au mur de l'escalier de manière à faire face à son mari qui put, à l'altération de son beau visage, se tromper sur le trouble de son cœur.

— Il était grand et fort, répondit le domestique ; il avait une barbe épaisse et l'air assez dur pour laisser croire qu'il n'est pas bon tous les jours.

— Êtes-vous depuis long-temps dans le pays ? continua Thérèse.

— Je n'en suis jamais sorti.

— Vous souvenez-vous d'y avoir vu le baron Walter de Seelorf.

— M. le baron Walter, qui est mort en Turquie il y a quatre ou cinq ans ?... Oui, Ma-

dame, je l'ai bien connu; il venait souvent
par ici.

— Ne trouvez-vous pas qu'il ressemblait à
l'Anglais dont vous venez de parler?

— Attendez donc! Mais oui, tout de même... quand on y songe... Tiens! c'est, ma
foi, vrai...

— Et ce voyageur n'est pas revenu depuis
son voyage à la Treib, à Brounen ou à Seelisberg?... Hier, par exemple, vous ne l'avez pas vu
à Fluelen?

— Non, Madame, je vous promets qu'il n'est
pas dans la ville, car...

— Montez, mon ami, je vous suis, interrompit Thérèse en reprenant sa marche. Si votre
mylord arrive ici, cette nuit, je vous serai très
obligée de me le faire savoir, à quelle heure que
ce soit...

— Ce sera moi qui vous en donnerai la première nouvelle, dit Arnold avec une douceur glacée, et il se montra au moment où la baronne
franchissait la dernière marche du premier étage.

Thérèse éprouva, à cette brusque apparition,
une secousse purement nerveuse, puis, tout aussitôt, reprenant son calme, elle se tourna vers le
domestique et lui dit: — Vous savez mentir et
j'en remercie Dieu... vous donnerez à M. Schmitt
la chambre que vous me destiniez, et vous lui
direz que je suis chez moi. M. Schmitt est l'homme
dont j'étais accompagné tout à l'heure... Votre

bras, Arnold... je me sens épuisée et j'ai maintenant le droit de me reposer.

Le baron ne s'attendait pas à tant de rete-
nue; il se croyait joué par sa femme; mais quel
que fût l'art déployé par Thérèse pour masquer
son hypocrisie, la présence d'esprit dont elle faisait preuve, dans cette occasion critique, dépas-
sait toute prévision. Arnold n'avait pas entendu
sa femme s'informer de sa présence, soit à l'hôtel de la Croix-Blanche, soit dans le village. Ces
questions avaient été faites avant qu'il se fût avisé
d'ouvrir sa porte et d'écouter. Il n'avait prêté
l'oreille qu'au bout de conversation engagé sur
l'escalier, et il en avait naturellement conclu que
Mme d'Amstadt était impatiente de voir arriver Walter au rendez-vous convenu. Bien plus,
il s'était dit, en maudissant son aveuglement, que,
par sa faute, il avait, une première fois, manqué
son ennemi en prenant le baron Walter pour un
Anglais, lorsqu'il l'avait providentiellement rencontré à l'auberge de la Treib. Le feu de la
honte et de la colère lui monta au visage, lorsqu'il réfléchit, avec la rapidité de l'éclair, au rôle
de niais que son cousin lui avait fait jouer en
l'envoyant de la Treib à Küssnacht avec toute
chance de se noyer en route.

—Il se débarrassait de moi pour vingt-quatre heures ou pour l'éternité. Pensa-t-il. Je ne
suis pas mort, et vingt-quatre heures lui ont suffi
pour aller tramer à Seelisberg le complot que

cette malheureuse créature exécute en ce moment... Ai-je été, suffisamment, la dupe de ce couple honteux!

Le baron fut tiré de ses sombres réflexions par la voix de Thérèse, qui, loin du trouble auquel il devait s'attendre, donna ses ordres avec calme au domestique de l'hôtel et lui demanda, à lui, avec sa grâce habituelle, son bras pour se reposer, et comme Arnold restait immobile devant sa femme, épouvanté, en quelque sorte, de tant d'audace effrontée, Mme d'Amstadt posa, d'elle-même, sa main sur le bras de son mari et lui dit en l'entraînant vers la cheminée:

— Mon pauvre cher ami, je suis bien fatiguée, bien écrasée; mais vous devez l'être plus que moi... Venez donc là, pour que, d'un mot, je vous soulage de toutes vos lassitudes.

— Madame d'Amstadt, répondit le baron en résistant à la douce pression qui l'invitait à s'asseoir, je vous préviens que je ne suis pas venu, ici, pour applaudir une comedie...

— Soyez donc tout à fait injuste et cruel, interrompit Thérèse sans s'émouvoir et dites que vous n'êtes pas disposé à écouter une comédienne... Oh! mon Dieu! rien de ce que vous pourrez dire ne m'offensera; j'ai de grands torts à confesser, et il est équitable que j'en sois punie.

— Ne parlez donc pas si haut en exprimant votre repentir, on pourrait vous entendre, Madame, et vous en garder rigueur.

— Plût au ciel qu'on m'entendît ; plût au ciel que notre cousin Walter de Seelorf fût ici...

— Vous le voudriez ? s'écria le baron ; vous osez l'avouer ?

— Oui, pourvu que je fusse, moi, entre vous deux.

— Mais Walter est mort, reprit Arnold avec ironie, vous ne l'ignorez pas... A quoi bon ces vœux insensés ?...

— Notre cousin Walter n'est pas mort, mon ami, vous le savez aussi bien que moi. Pourquoi ces ruses de langage ? Pensez-vous que, sérieusement interrogée par vous, votre femme puisse s'abaisser au mensonge ?

— C'est ce dont je vais m'assurer. Si Walter n'est pas mort, où est-il ?

— Je pense qu'il est dans ce village ou qu'il y arrivera dans la journée.

— Comment savez-vous que Walter est vivant ?

— Je l'ai vu.

— Où l'avez-vous vu ?

— A Seelisberg, chez moi, il y a de cela trois jours.

— En présence de votre tante, je l'espère ? demanda le baron, croyant embarrasser Thérèse par un sarcasme.

— Non, répondit avec dignité la noble femme, mieux que cela... en présence de votre fille, mon ami.

Arnold tressaillit à ce trait parti du cœur, et il soupira péniblement.

— Par quelle étrange audace, continua-t-il après une courte pause, cet homme a-t-il pu pénétrer chez vous?

— Il a profité de votre voyage à Lucerne, voyage dont il était sans doute instruit; il m'a écrit pour me demander à me voir...

— Et vous vous êtes hâtée de céder à son désir?...

— Oui, mon ami; j'ai mis à cela un très vif empressement, car je connais notre malheureux cousin.

— Malheureux! s'écria le baron, et il sourit amèrement. Malheureux! et pourquoi? s'il vous plaît.

— Il est malheureux parce que vous Arnold, vous êtes heureux, répondit Thérèse avec cette simplicité sereine, qui est le langage de la chaste vérité; parce qu'il m'a violemment aimée, parce qu'il m'aime ardamment et que je suis votre femme sans tache devant les hommes, sans reproche devant Dieu.

— Seigneur! seigneur! vous l'entendez, murmura le baron, épouvanté par ce propos qu'il tenait pour un blasphême. Eh bien! Madame, continuons, réprit-il: votre malheureux cousin, disiez-vous?

— M'écrivait qu'il se tuerait si je refusais de le recevoir. Je savais qu'il exécuterait cette menace, et je l'ai reçu. La lettre que vous avez brûlée sans l'avoir lue, quoique je vous en eusse donné toute permission...

— Cette lettre que vous portiez sur votre cœur, interrompit Arnold, et que Madeleine avait saisie.

— C'était le billet par lequel notre cousin me demandait, au prix de sa vie, quelques minutes d'entretien. Je vous ai caché ce billet pour obéir à un sentiment qu'il est inutile d'expliquer à un galant homme tel que vous.

— Et enfin, demanda le baron, dont l'esprit commençait à flotter dans les ombres du doute, si vous êtes ici, à cette heure, si vous avez quitté furtivement Seelisberg... furtivement n'est-il pas vrai ?

— Oui, mon ami, furtivement.

— C'est que vous avez espéré trouver Walter à Fluelen ?

— Sans doute.

— Pour...

Le baron n'osa pas achever. Il venait de rencontrer le regard limpide de Thérèse, et l'accusation expira sur ses lèvres.

— Pour me jeter entre vous et lui, car je vous savais ici, mon pauvre Arnold.

— Vous me saviez ici ! Votre tante ne vous a donc pas dit...

— Elle m'a dit que vous veniez de partir pour Lucerne.

— Eh! bien!

— Mais le mendiant, l'aveugle, m'a affirmé que vous deviez être à Fluelen...

— Je m'y perds, murmura Arnold.

— Ami, reprit Thérèse, l'histoire doit vous paraître ténébreuse, et, cependant, elle est fort simple si, toutefois, vous voulez admettre que Mme de Gootlieben a fait son possible pour en brouiller les fils. Ce mendiant auquel nous avons donné l'hospitalité à Seelisberg, est un ancien condisciple de Walter de Seelorf. Walter n'a quitté le pays, et n'y est revenu après avoir fait courir le bruit de sa mort, que poussé par la tyrannie d'un amour sans espoir, amour fatal...

— Je sais, interrompit Arnold. Passez.

— Walter m'a proposé, lorsqu'il est venu à Seelisberg de fuir avec lui. J'ai traité, comme je le devais, ce cœur et ce cerveau malades. Le cerveau m'a maudite, le cœur m'a honorée.

— Vous croyez cela?

— Oui, mon ami, j'en ai la preuve.

— Cette preuve?

— Walter n'osant et ne pouvant plus revenir à Seelisberg, s'y est fait représenter, en quelque sorte, par un ami d'enfance tombé dans la misère la plus affreuse et aussi la plus intéressante. Or, il a écrit à cet ami...

— Qui est aveugle, interrompit finement Arnold.

— Qui, étant aveugle? reprit Thérèse, devait

7*

me prier de lui lire sa lettre. Le hasard a voulu que notre tante Gootlieben reçût cette lettre des mains du facteur, et la curiosité peu généreuse de Mme la douairière a osé lire ce qui m'était écrit à l'adresse du mendiant Klein...

— Après? demanda le baron, ébranlé par tant de sincérité.

— Mme de Gootlieben ne s'est pas arrêtée à cette indiscrétion satisfaite, elle a eu le triste courage de vous donner à lire...

— C'est parfaitement exact, dit Arnold. Mais pour que je sois si brusquement parti de Seelisberg, et en vous cachant ma détermination, il fallait que la lettre adressée par Walter au mendiant Klein fût, contre vous, toute une accusation.

— Je l'avoue, mon ami.

— Vous ne l'avez cependant pas lue?

— Non, mais Klein m'en a dit la substance.

— Ici vous déviez de la vérité. Pas plus que vous l'aveugle n'a eu connaissance du contenu de cette lettre.

— C'est juste, mais Walter lui avait fait ses confidences. Comment voudriez-vous que je fusse venue à Fluelen, sur vos traces, si le rendez-vous n'avait pas été indiqué d'avance au mendiant?

Le baron prit un moment de réflexion, comprima son front dans ses mains, et reprenant tout à coup l'interrogatoire :

— Que disait donc cette lettre? demanda-t-il.

— Walter me remerciait de l'accueil que je

lui ai fait à Seelisberg; il s'engageait sur l'honneur à ne plus essayer de me revoir, et me suppliait de lui envoyer, par son ami, un mot de pardon pour le chagrin qu'il m'avait causé...

— Madame, interrompit vivement Arnold, je suis trop bien élevé pour donner un démenti à une femme habituée au culte de mon respect. Je ne vous répondrai donc qu'en mettant sous vos yeux, la lettre dont vous parlez. Connaissez-vous cette écriture?

— L'écriture de Walter, oui, mon ami, répondit Thérèse avec un grand calme, après avoir regardé la suscription de la lettre adressée à Klein.

— Veuillez donc lire, reprit Arnold.

— Que signifie cette ligne? murmura la baronne en changeant de visage.

— Elle signifie qu'habile à me tromper sur les regrets nourris pendant cinq ans par votre cœur dévoué à votre cousin Walter, vous avez espéré pouvoir me tromper aujourd'hui encore, quand je suis prêt à vous barrer le chemin du déshonneur...

— Ceci n'est pas une explication, Arnold, dit Thérèse avec la confiance qu'elle puisait dans son angélique vertu; c'est un outrage qui ne répond pas à ma question.

Le baron d'Amstadt se sentit frappé au cœur par cette noble simplicité; il hésita, tressaillit et s'écria, avec des larmes dans la voix:

— Mais prouve-moi donc, prouve-moi que tu es innocente; que nous sommes, toi et moi, les jouets des méchans ou d'un mauvais rêve.

— Imite ma franchise, Arnold, et la lumière sera faite, répondit Thérèse, profondément émue par cet élan du désespoir.

— Cette ligne a été écrite au mendiant Klein pour qu'elle te fût donnée à lire à toi seule. Klein, séduit par l'or de ta tante, a vendu le secret de son ami. Il nous a raconté, à la douairière et à moi, toute l'intrigue ourdie par Walter pour te donner rendez-vous à Fluelen, et je ne m'explique pas comment il a pu te lancer à ma poursuite au-devant de Walter en allant te révéler...

Thérèse, interrompit Arnold en poussant un grand cri.

— Ma fille! ma fille est en danger! dit-elle avec terreur. et comme éclairée par l'un de ces divins avertissements qui ont un écho dans les entrailles maternelles.

— Notre fille en danger! répéta le baron, tout interdit.

— Oui, reprit Thérèse, je l'ai confiée à cet homme... Partons, partons bien vite, Arnold..... il me semble que la foudre vient de tomber à mes pieds... Dieu m'inspire... ne perdons pas une minute..! Walter n'est pas à Fluelen, il n'y viendra pas.

— Explique-toi, Thérèse.

— A Seelisberg, à Seelisberg!... de grâce
partons vite... je n'aurai plus de forces que pour
arriver au berceau de notre fille.

. . . . . . , ...

Il faisait grand jour quand Thérèse, le baron
et Schmitt gravirent la dernière pente du plateau de Seelisberg. La malheureuse mère ne
marchait pas; elle courait sans s'inquiéter des
pierres roulantes et des ronces, car, pour arriver plus vite, elle ne suivait pas le chemin et se
jetait par la traverse. Enfin, elle entra dans la
cour, puis dans le jardin qui bordait le parc et
regarda, tout d'abord, les fenêtres de sa chambre,
les fenêtres de la chambre de Madeleine. Les
persiennes étaient fermées.

— Madeleine dort encore, dit Arnold.

— Bien, répondit la baronne, mais le mendiant! Puis s'adressant successivement à plusieurs
domestiques, elle demanda s'il s'était passé quelque chose de nouveau en son absence. On lui
répondit, avec étonnement, qu'il n'y avait rien
de nouveau, et qu'on ne savait même pas qu'elle
se fût absentée.

Rassuré sur le compte de sa fille par ces
propos, Arnold eut une lueur de mauvais soupçon. Il pensa que les folles terreurs de sa femme pouvaient être une ruse pour l'enlever de
Fluelen et lui dérober son ennemi. Mais Thérèse ne lui donna pas le temps d'approfondir

cette pensée ; elle se précipita dans la maison où il la suivit.

Mme d'Amstadt monta droit à sa chambre, dont elle trouva la porte fermée.

Elle y frappa violemment, et rien ne bougea en dedans.

— Arnold, dit-elle, je me meurs... enfoncez cette porte.

— N'avez-vous pas la clé ?

— Je l'ai laissée au mendiant.

Le baron essaya en vain de faire sauter le penne de la serrure, et il alla chercher une pince. Deux hommes revinrent avec lui. Thérèse était appuyée à la muraille, et tout son corps frissonnait comme s'il eut été dévoré par la fièvre.

— A-t-on vu l'aveugle, ce matin ? demanda-t-elle aux domestiques, pendant qu'ils apprêtaient les outils.

— Non, Madame, il n'est pas encore descendu de sa chambre. Ces mendians ne sont tous que de grands paresseux.

La serrure céda, la porte s'ouvrit : la chambre était vide. Thérèse courut à l'étagère où elle avait posé la clé de la chambre de Madeleine ; elle ouvrit le livre où elle avait caché cette clé, jeta un cri de joie en la saisissant, et, en quelques bonds, elle se précipita vers la porte de sa fille.

Sa main tremblait tellement qu'elle s'y prit à différentes fois pour introduire la clé dans la serrure. Dans son impatience, elle appela, coup sur coup, la bonne de Madeleine qui ne lui répondait pas.

Enfin, la porte s'ouvrit, et Thérèse suivie d'Arnold, entra en courant dans cette chambre où ils s'arrêtèrent, tous les deux, devant le corps de la gardienne étendu sans mouvement sur le parquet, au pied de la couchette de Madeleine. Soutenue par cette force courageuse que les poètes ont comparée à la fureur de la lionne, la pauvre mère écarta les rideaux de la couchette, poussa l'un de ces cris terribles que nourrissaient, dans un sanglot, la douleur, la colère et l'épouvante, et tomba, tout d'une pièce, comme foudroyée par le feu du ciel, à côté de la gardienne évanouie de sa fille.

. . . .

. . . .

Trois semaines environ après cet évènement, la douairière de Gootlieben, le baron de Seelorf d'Amstadt, deux médecins et quelques domestiques se tenaient près du lit de Thérèse que l'on croyait assoupie.

La douairière lisait dans un gros livre d'Heures et se signait fréquemment, en témoignage manifeste d'une conversion sincère. La vieille baronne n'était plus reconnaissable depuis que les recherches multipliées pour retrouver Madeleine

avaient été sans résultat. Son caractère s'était
singulièrement adouci, et son visage, creusé par
le chagrin, s'était profondément sillonné de rides
qui attestaient qu'elle ne survivrait guères à sa
nièce, si la belle Thérèse venait à mourir.

Le baron d'Amstadt ne semblait vivre que pour
secourir sa femme. Ses yeux enfoncés, son front
abattu, tout son corps chancelant annonçaient qu'il
marchait, à grands pas, comme Thérèse, à une
fin prochaine. Souvent, il se détournait pour cacher des larmes, lorsque, contemplant le visage
pâle et ravagé de la mère de Madeleine, il s'ac-
cusait d'être la cause, involontaire, il est vrai, de
ce douloureux martyre.

Thérèse se mourait. Si elle n'avait pas suc-
combé aux premières atteintes de la douleur qui,
peu à peu, lui arrachait la vie, c'est que tout
espoir n'était pas perdu, jusqu'alors, de saisir les
traces des ravisseurs de Madeleine, et que, pour
sa sainte désolation, un rayon d'espoir était comme une gerbe de lumière. Mais hélas! quoi
qu'on fît pour lui cacher la terrible vérité, elle
avait lu, ce jour-là même, dans les yeux d'Arnold, dans ceux de sa tante, de ses médecins et
de ses serviteurs consternés que la dernière tentative avait été faite, et que cette tentative avait
échoué.

Alors, la baronne d'Amstadt avait compris, en
chrétienne, qu'elle ne devait pas aggraver l'affliction de son pieux entourage par l'explosion de

ses tristesses, par la révélation de sa fin qu'elle sentait venir, et elle feignait une confiance exagérée, elle feignait un grand calme d'esprit, elle feignait un soulagement factice à ses souffrances corporelles, elle feignait un sommeil réparateur, afin de s'endormir sans bruit dans une éternité où elle savait bien que Dieu lui rendrait sa fille.

Et chacun la regardait dans ce sommeil, si pur en apparence et si précieux, que nul n'osait glisser un mot à son voisin, de peur de réveiller cette sainte déjà couronnée, sur son lit de mort, par l'ange des glorieuses résurrections.

Tout à coup, un bruit de pas précipités résonna dans la galerie voisine de la chambre de la malade.

— Triple Dieu! laissez-moi passer, criait une voix que nous connaissons; si elle dort, je la réveillerai..., cap dé diou, je n'arrive de si loin que pour lui parler.

L'entourage de Mme d'Amstadt se précipita au-devant de l'importun, qui, repoussant tout le monde, s'approcha près du lit.

— Eh! ma chère bonne Madame Thérèse, s'écria Pompidou, faut pas vous en aller mourir de chagrin... je l'ai retrouvée, votre fille, parole d'honneur, et qu'elle se porte bien.

La baronne ouvrit ses beaux yeux, agrandis depuis que la mort faisait flotter sur eux son voile, le jet d'une flamme céleste brilla sous ses paupières allourdies; le rayon que la foi voit descendre pour éclairer notre dernier soupir illumina son doux visage, et un sourire que la peinture n'a jamais saisi, se joua sur ses lèvres comme pour remercier, mieux que sa voix épuisée, le Dieu des miracles, son sauveur.

FIN DE LA PREMIÈRE PARTIE.

DEUXIÈME PARTIE.

I

Dans la seconde quinzaine du mois de novembre 1852, une centaine de cavaliers arabes,
maîtres et serviteurs, étaient campés en avant
de l'oasis de Laghouat, vers le Tell, sur un terrain légèrement ondulé de dunes de sables et
appartenant à la grande tribu des Larbâa.

Pour tout homme initié aux usages comme
aux priviléges des familles nobles (djouades) de
l'Algérie, ce terrain était un excellent rendez-vous
de chasse, et les cavaliers dont nous nous occu-
pons devaient être de ceux que les indigènes appellent „agens d'oiseaux" (hell-el-tlour), parce
qu'ils ont, seuls, à titre d'apanage, le droit de
chasser au faucon (¹).

En effet, les dunes couvertes de chiendent

(¹) La chasse au faucon, en Algérie, est restée l'apanage des grandes familles du pays; c'est un des principaux

(*drine*) et les zones d'alfa courant en plaine rase,
entre les dunes, annonçaient un pays recherché
du lièvre et de l'outarde, deux gibiers que
la faucon poursuit avec une égale intrépidité.

Les chasseurs appartenaient, partie à la tribu
des Oulad-Nayls, partie à des nomades de la
suite du fameux chérif Ben-Abdallah, qui venait
de fondre, des profondeurs du Sud, avec cinq ou
six cents cavaliers déterminés, non seulement sur
le territoire de Laghouat, mais bien au-delà, sur
les peuplades voisines de nos possessions, et à
peu près soumises à l'influence française.

Le chérif était, avec le gros de sa troupe,
campé dans le bois de tamarins d'El-Reg, sous
Laghouat pour ainsi dire, et, de ce poste, il en-
voyait ses coureurs dans toutes les directions, autant pour continuer de piller les tribus qui hési-
taient à nous faire défection, que pour surveiller,
au loin, nos propres mouvements.

reliefs de la véritable aristocratie arabe. De nos jours,
quelques parvenus ont essayé de ce privilége; mais quand
on les voit à l'œuvre, avec le faucon, on s'aperçoit bien
vite que ce noble oiseau ne leur est pas familier, qu'il est
même déplacé entre leurs mains. Les grandes familles de
la province d'Alger qui se servent du faucon, sont les *Ou-*
lad-Mokhtar, les *Oulad-Chaïb*, les *Oulad-Nayls*, les
Bou-Aïche, les *Oulad-Aïssa*. (Note manuscrite de M.
le lieutenant-colonel Margueritte, que nous citerons très-
souvent, parce que nul n'a étudié mieux que lui le sud
algérien, et que toutes ses observations sont frappées au
coin de la finesse et de l'expérience.)

C'était donc un goum, ou parti de cavaliers; détaché du corps principal des insoumis sahariens qui, tout en exécutant une marche de guerre, se disposait à prendre l'un de ces divertissements qui ont tant d'attrait pour les Arabes de haute origine. Il était même probable que les plus nobles partisans du chérif se trouvaient là, à en juger par une quarantaine de chevaux de grande beauté, par la richesse des harnachements, par l'élégance des habits, et, surtout, par la soumission absolue des serviteurs.

La nuit approchait, les tentes étaient dressées, les feux allumés, et les chevaux mangeaient l'orge récemment ramassée dans les silos des tribus ravagées. Nous nous approcherons d'un groupe composé d'une douzaine de simples cavaliers occupés à deviser, pendant que l'un d'eux faisait boucaner sur des charbons ardens des morceaux de mouton, restes du festin des maîtres, et nous écouterons la savante discussion engagée, devant un écuyer-fauconnier célèbre, par deux jeunes Arabes, qui devaient le lendemain, selon le mérite qu'ils déploieraient, prendre rang et titre d'oiseleurs au service de l'un des principaux chefs que nous ne tarderons pas à mettre en scène.

Dans les familles nobles (djouades) où l'on chasse au faucon de père en fils, les cavaliers de tête, tous fort habiles en fauconnerie, ont des écuyers-oiseleurs nommés *biâzes*. plus particulièrement chargés de prendre les oiseaux de race, de les nourrir, de les porter et d'aider à leur rappel lorsqu'on chasse le lièvre ou l'outarde. Comme nos piqueux de grandes maisons, les biâzes offrent des types de singulière originalité. Démesurément vaniteux à l'endroit de leur science et des qualités des faucons, leurs élèves, il arrive souvent que l'autorité de leur seigneur doit intervenir pour les séparer dans des disputes où, à bout de colère et d'arguments, ils passeraient infailliblement des injures aux couteaux si on les laissait faire.

Nous avons dit que la discussion de nos deux élèves-écuyers avait lieu devant un biâz célèbre dans tout le Sahara. En effet, le vieux Sahraoui, presque septuagénaire, était un vétéran de fauconnerie, et, tout à la fois, un modèle jusqu'alors inimité. A force de vivre avec les faucons et de s'identifier à eux, il passait pour les comprendre et savoir leur parler. Son long nez recourbé en bec d'aigle, ses yeux gros, ronds, saillants, un regard fixe, aigu et profond, lui donnaient la physionomie sauvage d'un oiseau de proie. Ses membres s'étaient raidis, de telle sorte qu'il marchait tout d'une pièce, et que, debout, au repos, il avait la rigidité des perchoirs qu'il portait partout avec lui pour ses oiseaux. Ce vieillard semblait dédaigner d'adresser la parole aux humains, avec lesquels il ne communiquait que par gestes pour ainsi dire. Toutefois, lorsque, dans de très rares occasions, comme celle du moment, il y avait,

pour lui, matière à étaler son érudition, il prenait gravement la parole et s'énonçait avec cette
autorité sentencieuse que l'eût fait prendre —
n'étaient le lieu et le siècle — pour un profès
familier du bon roy Modus.

Les cavaliers qui faisaient cercle étaient im-
patients de voir commencer l'interrogatoire que
Sahraoui devait faire subir aux deux jeunes gens
dont l'un, Kaddour, était élève du fameux Mokhtar
de la tribu de ce nom, et l'autre, Mohammed, se
glorifiait d'avoir reçu les leçons de Sahraoui lui-
même.

— Eh bien! jeunes gens, dit le vieux biâz,
avant de vous laisser vous interroger l'un l'autre,
pour mieux juger de votre savoir, je vais vous
faire des questions générales auxquelles vous ré-
pondrez à tour de rôle. Toi, Kaddour, qui t'es
approché du Tell et qui as, peut-être, rapporté
de ce pays de la mollesse des maximes nouvelles,
dis-moi les qualités du faucon étranger et les
qualités du faucon africain.

— Les faucons étrangers, répondit Kaddour,
souriant à la simplicité de la question, sont pré-
férables aux nôtres. Leur courage est téméraire;
ils attaquent, indifféremment, la plume et le poil.
Ils ont cet avantage sur le faucon africain que
celui-ci, également très brave et de haut vol,
demande plus de soins et de temps pour déve-
lopper, par l'éducation, ses qualités naturelles (1).

(1) Les faucons étrangers, appelés *sors* au Moyen-Age,

II   8

— Bien. Toi, Mohammed, mon fils, dis-nous les ruses que tu emploies pour prendre tes faucons.

— J'ai plusieurs méthodes; toutes m'ont réussi, et je ne saurais vanter la meilleure. Je fais mes chasses soit dans les champs, en plein jour; soit à l'affut, à l'heure du coucher des oiseaux. Je me sers, dans les deux cas, de perdrix, de pigeons ou de gangas que j'enveloppe de lacets et que je place en vue du faucon, en ayant le soin d'attacher la proie, par une patte, à une pierre assez lourde pour la retenir malgré les efforts que fera le noble oiseau pour l'enlever.

Le faucon se précipite sur le gibier, et plus il travaille à l'emporter, plus il s'enlace dans les lacs qui emprisonnent ses serres crispées. Je m'approche, alors, très prudemment, je saisis le faucon que je chaperonne aussitôt pour lui ôter tout moyen de défense...

— Cette précaution n'est pas suffisante, inter-rompit Kaddour.

— Sans doute, reprit Mohammed, aussi n'ai-je pas fini de m'exliquer. Après avoir chape-ronné l'oiseau, je lui mets des manchettes en

viennent, le plus souvent, de la Suède, de la Norwège et de la Finlande. C'est le genre Gerfaut, avec lequel on attaquait le héron, la grue, l'oie sauvage, etc.

Le faucon indigène d'Algérie est désigné, en histoire naturelle, sous le nom de *lanier*. (Note manuscrite du co-lonel Margueritte.)

cuir auxquelles j'attache des lanières fixées à mon gant. Alors, l'oiseau m'appartient; je suis son maître; je le porte sur mon poing, et, si je sais l'instruire, il fait ma gloire.

— Bien dit! s'écria le vieux biâz, et il se tourna vers Kaddour: combien te faut-il de temps pour dresser un faucon de bonne race africaine?

— Trente jours; jamais plus, s'il plaît à Dieu.

— La jeunesse est arrogante, répondit avec dédain Sahraoui. Moi, j'ai rarement mis moins de quarante à quarante-cinq jours pour amener mes oiseaux à fondre, au milieu des gens et des chevaux, sur un gibier vivant et libre, à le saisir à pleines serres et le tuer, ou à m'obéir lorsque je le rappelle sur le leurre après qu'il a manqué sa proie. Je te le disais, ô Kaddour, tu as rapporté du Tell des principes tout à fait neufs. Nous verrons demain comment se conduisent tes élèves de trente jours.

— S'il plaît à Dieu, vous leur rendrez bon témoignage. Tous mes oiseaux n'ont pas égal mérite, mais les meilleurs n'ont point leurs pareils.

— Où les as-tu pris?

— Près des Sebâa-Rouss (¹). Plusieurs d'entre eux ont chassé déjà l'an dernier.

— Et toi, Mohammed?

— Les miens viennent du Sud et du pays

(¹) Montagne ainsi nommée à cause de la configuration qui représente sept têtes. Elle est au nord du territoire des Oulad-Nayls.

des Daïas (¹). J'en ai six dont deux sont étrangers et voyageurs.

— Vous pourrez rivaliser, dit le biâz en laissant percer un signe de satisfaction. Reprenons l'interrogatoire: quelle est la meilleure saison pour la chasse? je m'adresse à toi, Mohammed.

— Il n'y a qu'une saison: de la fin de novembre à la fin de février.

— La saison étant close, que fais-tu de tes oiseaux?

— Je leur donne la liberté. Aux meilleurs, je fais une marque de feu à la naissance du bec, afin que tout oiseleur qui les prendra l'année suivante soit tenu de les rendre à mon seigneur.

— Et toi, Kaddour?

— Je me fie beaucoup moins à l'honnêteté de mes rivaux. Je lâche mes faucons africains, car ils ne s'écartent guères des parages où ils sont nés. Quant à mes voyageurs de belle race, je les aime trop pour m'en séparer, et je les garde d'une année à l'autre.

— Tu es prudent, et je t'approuve: un noble faucon est le bien le plus précieux; nos poètes l'ont dit, lorsqu'ils ont chanté les trésors de la terre. Dis-moi, Mohammed, quels noms tu as donnés à tes oiseaux.

— Les plus vaillans portent le nom de mon seigneur Ghrellab; les autres, que je n'estime

(¹) *Daïs*, bas-fonds.

guères moins, sont honorés des noms de nos plus braves cavaliers.

— Tu as bien fait, c'était aussi l'usage de nos pères, et la coutume est sacrée pour tout fidèle craignant Dieu. Quel est le devoir d'un biâz vigilant, lorsqu'approche la saison de la chasse?

— Il doit se renseigner sur le nombre et les qualités des faucons des familles nobles, rivales de la gloire de son seigneur, afin qu'au jour des défis et des paris, il entre en lutte avec une connaissance certaine des chances qu'il peut courir.

— Quel est le meilleur pays pour le vol du faucon? réponds, Kaddour.

— Un chasseur timide choisit les plaines les plus découvertes, parce que le gibier, si c'est un lièvre, y est toujours en vue et que le faucon ne court aucun risque de se blesser aux buissons lorsqu'il s'abat sur sa proie, mais un véritable djouad, un noble homme d'oiseau, attaque en pays couvert d'alfa, où le lièvre se défend, ruse, et oblige les cavaliers à bondir à travers des obstacles répétés à l'infini. L'honneur n'est que là.

— Très bien, mon fils. A toi cette dernière question, Mohammed, à quelle heure du jour commences-tu la quête?

— A deux heures après-midi.

— Pourquoi cela?

— Parce que mes oiseaux étant repus de la veille, n'auront faim que le lendemain à cette heure.

— Vous avez, l'un et l'autre, dit gravement

le vieux biâz, les notions premières de la science, et vous ferez de bons écuyers.

— Continue d'interroger, interrompit Kaddour.

— Non, je jugerai mieux de votre intelligence en vous écoutant discuter. Chacun à son tour, questionnez-vous. Je serai juste pour prononcer.

Ce fut Mohammed qui commença. Les demandes et les réponses tombèrent comme grêle, assaisonnées bientôt de gros mots et de provocations, tant les lauréats mettaient de verve à briller devant une assemblée présidée par le Nestor des écuyers oiseleurs du Sahara.

— Combien connais-tu de sortes d'oiseaux de race?

— Question d'enfant.

— Réponds toujours, tu m'instruiras.

— Il y en a cinq: el-Terchoun, el-Meguerness, el-Arêm, el-Khréloni, el-Bahri.

— Ignorant! tu oublies le Terakell.

— Mulet! le Terakell ou l'Arêm, ce n'est qu'un.

— Bien! murmura le vieux biâz... échauffez-vous.

— Et de ces cinq faucons nobles entre tous, reprit Mohammed, interrogeant à son tour, quels sont les meilleurs?

— Le Meguerness pour le lièvre, l'Arêm pour l'outarde, et le Bahri pour le marais.

— Préfères-tu les oiseaux qui fondent de haut vol sur leur proie à ceux qui suivent le gibier?...

— Question d'âne! On n'estime et on ne parle que des oiseaux qui tombent du ciel sur la chasse, et non de ceux qui la suivent comme des chiens. Fais-moi plutôt connaître de quelle chair tu nourris tes faucons?

— Avec du lièvre autant que possible. La viande sera froide au début de la chasse, et chaude à la fin. Ma femme aurait suffi pour répondre à pareille niaiserie. Cesse tes questions; elles m'offenseraient si je n'en devais rire. Demain, tes oiseaux *jauniront ton visage* (¹), on les verra sourds à tes appels, fuir le leurre et s'échapper comme des chiens qui ont volé un os.

— Ah! mes faucons sont des chiens.... Ah! tison de feu, tu insultes mes enfants. N'étaient la barbe blanche de Sahraoui notre maître, et la présence de ces braves cavaliers, je rendrais vide la maison de ton père.

Le vieux biâz jugea prudent de s'interposer. Les deux rivaux s'étaient levés et s'examinaient des pieds à la tête avec fureur, prêts à se sauter à la gorge.

— Assez, leur dit le savant écuyer vos paroles ont achevé la besogne. Demain, je vous verrai à l'œuvre. A demain donc, mes fils: faites la paix, soupez en frères, priez et dormez jusqu'au jour.

(¹) Le jaune est, chez tous les Arabes, la couleur sinistre, et Kaddour prédit, ici, à son rival, que ses oiseaux le couvriront de confusion par leur désobéissance.

Il fallut obéir, mais non sans maugréer, car, en se séparant pour la nuit, Kaddour murmura: Quand donc viendra le soleil pour que je montre à cet ignorant berger si mes enfants sont des chiens!... De son côté, Mohammed disait: — Par l'intercession du prophète, demain je crèverai cet âne dont le cœur est gonflé comme une outre.

Cependant les deux rivaux, dont les tentes étaient voisines, prirent en considération les derniers conseils de Sahraoui. Ils pensèrent que ce serait déplaire au prophète que de ne pas se réconcilier avant la lutte; ils s'appelèrent, se rejoignirent et s'embrassèrent. Puis, après un entretien prolongé où la chasse et l'amour eurent large part, ils chantèrent des stances improvisées en se répondant couplet par couplet. Chacun de ces couplets terminés, selon l'usage, par le cri de rappel des fauconniers montrant le leurre à leurs faucons, charma les oreilles des chasseurs, que les joies du lendemain empêchaient de dormir:

O l'oiseau de la lutte!
Combattant de l'air,
On ne trouve pas ton pareil!
Ouihh! ouihh! haou! haou!

A jour de la chasse,
Il n'y a de seigneur
Que *Ghrellab* le noble (¹)
Ouihh!

(¹) C'est, selon l'usage, le nom du Seigneur auquel appartiennent Mohammed et Kaddour.

Où fuiras-tu, ô lièvre bientôt pris?
Où tomberas-tu, ô la mère des outardes?
Ils ne vous sauveront pas, vos ailes et vos pieds!
S'il plait à Dieu, vous serez, ce soir, dans la main de nos
enfants.
  Ouihh! ouihh!

Qui donne la joie aux filles de ma tribu?
Qui *rougit la figure* de mes frères (¹)?
Qui, des maux de ce monde, donne l'oubli?
Qui fait briller les vertus de mes chevaux?
  Ouihh! haou!

C'est mon oiseau, l'oiseau du désert. le généreux!
Présent de Dieu le fort, le très haut.
Je te louerai sans cesse, ô mon fils!
Un jour avec toi est, si je ne rêve, un des jours du Paradis!
  Ouihh! ouihh! haou! haou!

— Allons, murmura le vieux Sahraoui, qui n'avait pas cessé de marquer de la tête et du pied le rhythme de ce chant rendu par deux voix fraîches et deux âmes enthouiastes, ces enfants me succèderont dignement; je puis donc, au premier jour, dire adieu sans regret aux choses de la terre... Làbaut, j'aurai le désert. l'oiseau de race et les joies éternelles des heureux biâzes du Paradis (²).

— —

(¹) Le rouge est, au contraire du jaune, une couleur de bon augure.
(²) Les fauconniers ont des chants pour leurs oiseaux de race. Chaque biâz, du reste, est un peu poète, et, dans les longues nuits du dressage, ou pendant la chasse, il improvise souvent des stances qu'il chante à haute voix, sur

II

Au lever du soleil, le lendemain, des serviteurs mis avec une propreté qui n'est pas commune au Sahara, même dans la domesticité des grandes familles, vinrent ouvrir les portières de deux tentes surmontées, l'une et l'autre, d'un petit drapeau vert, insigne de commandement. Ces deux tentes différaient de forme et d'étoffe. L'une était en toile double, à trois pignons élevés, brodée en laine et soie à l'intérieur, élégante et riche par ses nattes, ses tapis, ses coussins, et les belles armes appendues à ses traverses ; l'autre, en peaux tannées, était basse, largement voûtée en manière de parasol, et aussi sévère dans son ameublement que par son aspect extérieur.

Pour tout observateur habitué aux usages du pays, il était manifeste que deux hommes opposés de races, de goûts, d'âge peut-être et de mœurs assurément, habitaient par hasard, si près l'un de l'autre, ces deux tentes dont l'une devait appartenir à un riche seigneur des environs du

un mode excitatif et cadencé qui se termine toujours par le cri de rappel. — (Note manuscrite du colonel Margueritte, à qui nous devons le couplets rapportés, et qui jouit, parmi les Arabes sahariens, de la réputation incontestée d'un chasseur consommé.)

Tell, et l'autre à un chef des nomades Chambas ou Touareghs.

Et, cependant, le même petit drapeau vert flottait des deux parts. Une main ouverte, brodée en laine blanche au milieu de ces deux fanions, indiquait que chacun des chefs exerçait, au nom du prophête, une autorité à peu près semblable, et les serviteurs de l'une et l'autre tentes déployaient un égal empressement à leur besogne matinale.

A peine les portières furent-elles tendues, qu'un nègre, vêtu d'un kaban bariolé comme une veste d'Arlequin, entra, les mains chargées d'un plateau, dans la tente aux trois pignons.

— Qu'on fasse savoir à Sidi-Mansour que je vais aller prendre le café chez lui, dit un homme mollement étendu sur des tapis derrière un rempart de coussins de soie de diverses couleurs.

Le nègre s'inclina, et sortit à reculons, emportant le plateau et le café qu'il était venu servir à son seigneur.

Deux autres serviteurs entrèrent.

— Comment vont les chevaux? demanda le maître en se soulevant sur un coude.

— Par la permission de Dieu, ils sont parfaitement reposés et feront aujourd'hui ton bonheur, comme ils font habituellement ta gloire.

— C'est bien, habillez-moi.

Le personnage qui parlait ainsi, réclamant de ses domestiques des soins dédaignés des chefs

les plus opulens, s'abandonna complaisamment
aux mains de ses esclaves transformés en valets
de chambre, au mépris de la coutume arabe.
C'était un homme d'une cinquantaine d'années
tout au plus, d'un visage délicat et noble, éclairé
par de grands yeux bleus pleins d'une vive lumière. Sa barbe, taillée avec art, encadrait ses
joues d'un collier à peine grisonnant, et se ter-
minait en pointe sur son menton d'un dessin
très pur. Ses mains, quoique nerveuses et bron-
zées, étaient d'une finesse féminine, et sa voix
modulait avec un charme dont toute oreille était
saisie, les syllabes les plus gutturales du poétique
langage de Mahomet.

Cet homme, nonchalant dans ses poses et
sybarite jusque dans ses moindres loisirs, passait,
aux yeux de ses crédules et superstitieux admi-
rateurs, pour avoir deux âmes et deux natures à
sa libre disposition.

Au repos, il était indolent et voluptueux;
mais, dans toutes les occasions où il s'agissait
de déployer quelque vigueur virile, il étonnait
ses serviteurs, ses subordonnés, ses amis, par une
fougue impétueuse, un courage indomptable et
une audace presque toujours couronnée du succès. Il avait la grâce, la générosité, les vices
que les patriciens des derniers et mauvais jours
de Rome en décadence habillaient de pourpre et
d'or. Son luxe était comme un reflet de l'opulence asiatique, et, grâce à ses brillants défauts,

grâce à quelques qualités réelles, il jouissait d'un ascendant marqué partout où il portait l'autorité de sa parole ou de ses actes. On le nommait Sidi-Ghrellab, et ce nom n'était jamais prononcé sans qu'on y ajoutât l'épithète de grand, de fort, de généreux, de noble, selon l'usage emphatique et poétique, à la fois, des nomades témoins de ses libéralités et de ses exploits.

Sidi-Ghrellab semblait dédaigner de se plier à tous les usages du peuple, qu'il éblouissait de son prestige. Il n'observait aucune loi dans ses fantaisies. En guerre, en chasse, en voyage, il ne ressemblait à personne, et se donnait un cachet d'originalité que, partout, on applaudissait volontiers. A le voir dans sa tente, encombrée d'objets précieux pour le pays, on l'eût pris pour un satrape. Ses armes, fusils de Tunis d'un travail exquis, boucliers du Soudan doublés de peaux d'antilope, sabres du Maroc, lances touareghs, javelots et poignards d'un grand prix, formaient de riches panoplies groupées avec un art que ne connaissent pas les Arabes. On lui obéissait avec une soumission tellement empressée, non sur un mot, mais sur un geste, qu'il y avait évidemment, dans son entourage, culte pour sa personne comme pour l'un de ces demi-dieux créés par le fanatisme ignorant des tribus africaines.

Sidi Ghrellab passait pour l'un des meilleurs cavaliers du Sahara, où il est si difficile de se faire une réputation hors ligne parmi des gens

habitués au cheval dès leur plus jeune enfance.
Ajoutons, comme un trait nécessaire à l'esquisse
morale de ce caractère étrange, que, très reli-
gieux en public, Ghrellab pratiquait l'islamisme,
comme beaucoup de chefs arabes, pour étendre
et raffermir son influence, mais sans foi et sans
piété réelle. Disons, en outre que la douceur de
sa physionomie, l'élégance de ses formes, le charme
de sa voix masquaient, avec une rare habileté,
les sourdes colères d'une âme farouche qui se
jouait amèrement de tous les désastres, de toutes
les catastrophes, et, enfin de tous les malheurs
qui pouvaient, autour de lui, affliger l'humanité.

Sidi-Ghrellab se fit habiller de pied en cap,
non pour la chasse, l'heure n'était pas venue,
mais comme pour une promenade du matin. Ses
deux gilets verts à boutons d'argent; sa veste
turque à larges manches, doublées de soie cra-
moisie; son haïck transparent d'une blancheur
éclatante, et sa chéchia (calotte rouge à flots de
soie verte) lui donnaient une mine galante que
ne démentaient ni la souplesse de sa taille, ni
les muscles de son jarret, et comme il recevait
de l'un de ses serviteurs une belle pipe à bou-
quin d'ambre, chargée d'excellent tabac de l'Oued-
Souf, il dit, daignant parler pour la première fois
depuis qu'on s'occupait de sa toilette :

— A-t-on reçu, pendant la nuit, des nouvelles de Debbah?

— Non, Seigneur, il est toujours en avant...
aussi, la chasse sera-t-elle libre...

— Peut-être, répondit Ghrellab ; Debbah est
un bon éclaireur lorsqu'il ne s'amuse pas à piller ou à égorger en chemin... Que Dieu soit
son flambeau !

Disant cela, le chef s'éloigna d'un pas majestueux, jeta un coup d'œil sur le bivouac de ses
cavaliers, et entra sous la tente de Sidi-Mansour,
son voisin, son égal ou son rival en pouvoir,
mais, à coup sûr, son ami, s'il en fallait croire
des témoignages apparents d'affection réciproque.
Sidi-Mansour, — nous négligeons, pour plus de
rapidité dans le récit, les noms qu'on lui prodiguait pour expliquer sa mystérieuse origine,
— avait à peu près le même âge que Ghrellab,
mais il était loin de paraître aussi jeune. Bien au
contraire, on lui eût donné, lorsqu'il ne déplo-
yait pas sa force athlétique dans quelque violent exercice, vingt ans de plus qu'à son ami.
Ses larges épaules voûtées, son front sillonné de
rides profondes, sa barbe blanche et ses joues
tachetées de rousseurs blanchâtres, en faisaient,
au repos, un vieillard affaissé sous le poids de
lourdes années. Ses regards flottaient, d'habitude,
comme incertains de leur direction ; sa voix était
cassée dans les entretiens familiers, et ne vibrait
avec énergie que dans le commandement, qu'il
exerçait, d'ailleurs, avec une sûreté de volonté

devant laquelle toute résistance eût été instanta-
nément brisée.

Sidi-Mansour, partisan fanatique du fameux
chérif Abd-Allah, passait pour un saint et exerçait, quoiqu'il ne fût pas marabout, mais homme
de poudre, une influence considérable sur toutes
les tribus du petit et du grand désert. Nous
laisserons aux évènements qui vont remplir ce
livre, le soin d'achever le portrait du chef que
nous mettons en scène. Brave autant que Ghrellab, ainsi que lui infatigable et habile, mais
humble dans son extérieur, franc dans son com-
merce habituel, sévère sans cruauté, sobre comme un homme de Dieu, redoutable à la guerre
par ses inspirations, sa prudence ou sa furie, chaste
dans ses entretiens et secourable aux pauvres
sans ostentation, il était, plus encore que son
fastueux ami, comme un type étranger à la
nationalité arabe, mais il n'y avait pas moins,
entre Ghrellab et lui toute la différence de deux
contrastes.

Ghrellab aborda Mansour par cette longue
série de salamaleks dont la sérieuse monotonie
nous fait sourire; mais, lorsque les esclaves pré-
sens à l'entrevue se furent retirés, l'élégant cavalier s'écria en jetant çà et là un coup d'œil
inquiet:

— Mon cher baron, chez toi, aujourd'hui
comme toujours, le difficile est de s'asseoir

promptement et commodément. Par Plutus! que
fais-tu donc de tes économies?

— Je t'ai déjà prié bien des fois, Francis,
de ne me parler qu'en arabe lorsque nous ne
sommes pas sûrs des oreilles qui nous écoutent.
Mon crédit peut souffrir des imprudences de ta
légèreté, et ce n'est pas le moment, dans ton
intérêt surtout, de nuire au développement de ce
crédit. Nous jouons grosse partie, Ghrellab,
ajouta gravement Si-Monsour, tu devrais ne pas
l'oublier.

— Parle pour toi. Ma partie, à moi, est ga-
gnée depuis long-temps: ne suis-je pas le bras
droit du chérif?

— Soit! mais j'en suis la tête, et sans la
tête, que serait le bras? Assieds-toi sur ce mai-
gre coussin dont la pauvreté que tu dédaignes
me sert, et causons sérieusement.

— Cher ami, le sérieux n'est pas gai, ici
moins que partout ailleurs, et je serai décidément à plaindre le jour où, fatigué de poser en
public pour la gravité, tu m'obligeras à prendre,
vis-à-vis de toi, des façons d'illuminé.

— Nous sommes rarement ensemble depuis
près de cinq ans. Tes plaisirs, tes courses, tes
combats t'ont créé une magnifique indépendance,
loin de mes conseils et de mes reproches, peut-
être. Aujourd'hui que nous voilà réunis pour une
vaste entreprise, soumets-toi à mes exigences.

— Parle, ô Sidi-Mansour! le juste, l'éclairé,

II   9

le miséricordieux ; le saint, répondit plaisamment Ghrellab. — J'en jure par le soleil, par la lune, par le jour, par la nuit, par le ciel, par la terre, par le Créateur du mâle et de la femelle (¹)! je t'écouterai fort patiemment, si ton café vaut, ce matin, celui que tu m'as offert, hier au soir.

— Debbah n'est pas revenu de la pointe qu'il a poussée cette nuit, reprit Mansour souriant, malgré lui, du ton narquois de son ami: — Je crains de fâcheuses nouvelles... Les Français ne sont probablement pas aussi loin que nous le pensions.

— Qu'est-ce que cela nous fait? les Français sont si lourds avec leurs colonnes les plus légères, que nous pouvons les braver à notre aise.

— Fasse le ciel que les pantalons rouges ne déploient pas bientôt une activité, une célérité contre lesquelles viendront échouer tous nos projets !

— Mon bon ami, le ciel n'a, je pense, rien à faire en notre faveur; ainsi je te conseille de compter sur nos éperons, et non sur Dieu, que nous allions en avant ou en arrière. Ceci dit, continue de discourir.

— Tu sais, sans doute, pourquoi nous sommes ici ?

(¹) Toutes ces invocations débitées d'un ton railleur par Sidi-Ghrellab, appartiennent au texte du Koran, où elles sont répétées à l'infini.

— Pour faire voler nos faucons, parbleu! et je compte y prendre grand plaisir. Ton écuyer Sahraoui m'a fait l'éloge de mes deux apprentis Kaddour et Mohammed...

— Sans doute, interrompit Mansour, mais ne t'ai-je pas dit qu'après avoir chassé le lièvre dans la direction de Zenina, nous changerons brusquement d'itinéraire pour chasser l'outarde vers Sidi-Bouzid?

— Eh bien!

— Les vallées de Sidi-Bouzid aboutissent au territoire des fils de Mimoun.

— Ah! ah! je commence à comprendre: les fils de Mimoun sont plus que tièdes pour le chérif...

— C'est cela.

— Et ils sont riches...

— On en est sûr.

— Nous leur enlevons quelques milliers de têtes de bétail et nous vidons leurs silos, ainsi que nous avons fait, l'autre jour, chez les Adjalètes.

— Voilà le plan d'opérations.

— Il me plaît infiniment. Mais pourquoi me l'avoir caché?

— Parce que je ne suis pas certain de te voir partager mon opinion, quant à la destination de notre butin.

— Peu m'importe la destination pourvu que je

me fasse part de lion comme toujours... J'ai quelques dettes de jeu à payer.

— Nous y voilà. Si grosse que soit la prise, nous n'en tirerons pas un boudjou ni toi ni moi, et tes créanciers attendront des jours meilleurs.

— Je mettrais plutôt le feu à la contrée. A qui profitera donc notre coup de main?

— Aux habitans de Laghouat auxquels il est bon de signaler notre vaillance et notre générosité. Les manœuvres des Français m'inquiètent. Si les pantalons rouges nous attaquent, il faut que l'oasis de Laghouat leur ferme résolument ses portes. Quand à nous, insaisissables, en vrai *fils de l'air* (¹) que nous sommes, nous reprendrons, avec le chérif, le chemin de nos sables où nul n'oserait nous suivre, le chemin de l'oasis où m'attend ma bien-aimée Slamia.

— Que je n'ai pas vue depuis cinq ans, interrompit Ghrellab; a-t-elle tenu promesse? Est-ce une jolie fille?

— Jolie! s'écria Mansour, dis donc qu'aucune fleur du désert éclose, après un bienfaisant orage, aux rayons du soleil de février, n'a ni sa fraîcheur ni sa beauté vaporeuse, son éclat et sa flexibilité délicate. Jolie! ah! si mon fils Ibrahim t'entendait parler, avec cette froideur banale, de l'ange de la lumière, tu serais son ennemi

(¹) Surnom que se sont donné les *Chambas*.

malgré tes beaux chevaux, tes habits somptueux, tes armes splendides et ta renommée.

— Eh! eh! y aurait-il promesse de mariage entre Mlle Madeleine de Seelorf d'Amstadt, musulmane par accident, et M. ton fils aîné, mahométan par hasard?

— Sur ce chapitre, je ne ris pas, Francis, répondit Mansour dont le front se chargea de tristesse. Depuis que ma fille adoptive se pare, de jour en jour, des charmes de sa mère, charmes enrichis par ce climat comme pour perpétuer et envenimer mes tortures, ce qui se passe en moi ne peut se confier à personne, car personne ne me comprendrait, pas même toi dont l'imagination m'a souvent fait peur.

— Diavolo! répondit Ghrellab en humant le parfum d'une quatrième tasse de café; j'ai cependant une imagination dont la perversité va loin. Mais, ajouta-t-il en riant et sans remarquer l'éclair sinistre que lui lança le regard de Mansour, je ne demande pas mieux que de causer d'autres choses. Les poètes ont pu raconter les prodiges du soleil africain s'exerçant à perfectionner les femmes du Sahara! moi je nie le miracle. Les poètes sont les Gascons de la république des lettres. La lune, en tout pays d'ailleurs, fait aussi bien, pour ne pas dire plus mal que Phébus, fils de Jupiter, en faveur du sexe ravageur.

Chassé d'Europe par la perfidie des femmes,

qui, là-bas, se vengent de l'autorité qu'on leur
refuse par le despotisme qu'elles exercent, je suis
charmé, je l'avoue, de n'avoir rencontré en Afri-
que que des laidrons. Tout d'abord, j'y cherchais des minois dorés par le soleil, expression
familière aux débitans de coloris, je n'ai rencontré, Mercure m'en est témoin, que des macaques
rôties, pour ne pas dire calcinées...

— Cependant tu t'extasiais, il y a cinq ans,
sur la beauté de Slamia, interrompit Mansour, irrité de voir son ami parler ainsi, sans exception,
des femmes du Sahara.

— Il y a cinq ans, la fillette était encore petite ; elle promettait, je l'ai dit ; mais il est si
rare de voir la femme tenir ses engagements de
jeune fille !... Bah ! laissons ce discours puisqu'il te déplaît. Je me rends à tes conclusions
politiques. Nous ferons une belle razzia sur les
Mimoun, et nous ferons hommage de notre butin aux gens de Laghouat, qui me payeront assez cher, tôt ou tard, ma générosité de ce jour...
Puis, vieil ami, tu me ramèneras sous les pal-
miers de ton oasis, où je ne demande pas mieux
que d'abjurer mon erreur et de comparer, dans
un sonnet que chanteront tous les *gouals* (¹) du
pays, ta chérie Slamia aux Vénus d'Arles et de
Médicis, merveilles du genre. s'il m'en souvient.

_____

(¹) Les *gouals* sont les conteurs, et aussi, les trouba-
dours des nomades.

A tantôt, baron, le ciel est superbe et je vais, en attendant l'heure de la chasse, voir courir un peu mes slouguis(¹) dans les broussailles... je t'invite à souper ce soir. Mon cuisinier a inventé une sauce pour les filets de mouflon, qui laisserait croire que le drôle a fait de fortes études chez maître Bitterolff à Francfort.

— Adieu, répondit Mansour sans se lever, et sans regarder son ami, qui se dirigea vers le bivouac où ses chevaux étaient entravés à une même corde. Possesseur d'un haras renommé, Ghrellab ne s'était fait suivre que de quelques chevaux de tête fort estimés qu'il aimait avec prédilection et n'aurait cédés à aucun prix. C'étaient de superbes modèles, vainqueurs dans toutes les chasses, par la vitesse et par le fond. L'œil exercé du connaisseur retrouvait en eux le sang, la race et les qualités précieuses vantées chez les vingt-deux chevaux du prophète par les traditions, les chroniques et les dissertations des savans commentateurs de la vie de Mahomet.

Sidi Ghrellab fit seller celui de ses chevaux qu'il montait de préférence pour ses courtes promenades; puis on lui amena deux magnifiques levriers de haute taille, au pelage isabelle zébré de noir, et il partit, suivi de deux nègres armés, esclaves farouches de ses moindres caprices, qui

(¹) Chiens levriers.

l'accompagnaient partout, aussi bien dans ses plaisirs que dans ses expéditions guerrières.

———

III

Vers deux heures de relevée, toutes les tentes du bivouac étaient pliées, les chameaux étaient chargés et rangés, sous la conduite des serviteurs tant à pied qu'à cheval, sur un petit plateau dominant au loin la plaine, de manière à rester, à peu près, à la disposition des chasseurs.

Quant aux nobles cavaliers autorisés à suivre la chasse, ils se formèrent en ligne dans les broussailles, impatiens d'entrer en action. Cette ligne fléchissait à égale distance de ses deux extrémités et offrait ainsi une concavité que remplissaient les notables assistés de leurs fauconniers. Parmi ces notables, on distinguait Si-Mansour et Ghrellab, superbement montés tous les deux. Ils portaient, l'un et l'autre, sur le poing ganté de la main droite, le plus vaillant de leurs faucons. Le vieux biàz Sahraoui se tenait derrière Si-Mansour son maître, et la joie rayonnait sur son visage. Selon l'usage des chasseurs consommés, il était chargé de trois faucons, un sur le poing, un sur l'épaule, et un sur la tête. Les élèves écuyers, Mohammed et Kaddour, rangés derrière Sidi-Ghrellab avaient également trois oiseaux prêts à prendre le vol ([1]). Ces faucons, à l'exception de ceux que portaient Ghrellab et Mansour, étaient chaperonnés. Ceux des deux chefs avaient donné des preuves trop brillantes d'une excellente éducation, pour qu'on ne leur permit pas de chasser de l'œil tout aussi bien que leurs maîtres. Contre l'usage, tous les chasseurs étaient armés.

— La chasse ne sera pas heureuse, dit l'un des cavaliers: j'ai aperçu, ce matin, un corbeau volant à ma gauche.

— Regarde, lui cria Mansour: est-ce là un heureux présage? et il montra, de la main, ce que les Arabes appellent une *haouma*, c'est-à-dire une réunion de vautours décrivant, au loin, dans les nues, des cercles concentriques ([2]).

— Par la permission de Dieu! répondirent plusieurs voix, la journée sera bonne, quoi que nous demandions à nos chevaux et à nos oiseaux.

— Nous pourrions bien être nous-mêmes,

([1]) On voit des chasseurs porter un quatrième faucon sur la palette de leur selle, derrière le dos.

([2]) Les Arabes ont conservé, des traditions païennes ou idolâtres, des croyances que l'islamisme n'a pu détruire complètement; ainsi, ils sont très accessibles aux présages, et en admettent une infinité pour chacun des actes de la vie. Nous aurons occasion d'en citer fréquemment.

avant la fin du jour, reprit Mansour du ton d'un oracle, les faucons du Très Haut lancés sur les rebelles.

— Haou! haou! s'écrièrent gaîment les cavaliers.

Si-Mansour, chef de la chasse, prononça la formule sacramentelle „au nom de Dieu"; qui précède toute action de la vie arabe, et donna aussitôt le signal du départ.

Une vingtaine de cavaliers s'avancèrent en traqueurs et couvrirent toute la ligne. Il se fit, quoique les chasseurs fussent au pas, un grand tumulte de propos et d'interpellations singulières. Les éperons retentirent sur les larges étriers; les cavaliers, armés de fourches, battaient les buissons; les chevaux, excités par ce vacarme, se câbraient et bondissaient dans tous les sens, menaçant d'écraser les pauvres lièvres trop épouvantés de ce tapage pour avoir la force de s'élancer hors du gîte.

Pendant plus d'un quart d'heure la quête fut infructueuse. Aussi fallait-il entendre comment, à chaque pas, se traduisaient le mécontentement et le désappointement des chasseurs, pour se faire une idée de la surexcitation qui devait passer de l'âme des cavaliers au cœur des chevaux et des oiseaux.

— Hé! Mohammed, fouille cette broussaille...

— Retiens ton cheval, Kaddour...

— Il n'y a donc plus de lièvres?

— Par Sidi-Aïssa, le saint de Dieu, je n'ai jamais vu un pays aussi vide...

— Haou! haou!

— Brrr! brrr!

— Où se cachent-ils donc?

— Hé! fils du péché, levez-vous! votre jour est arrivé.

Tout à coup, le faucon que Si-Mansour portait au poing, et qui, tête nue, suivait la chasse d'un œil perçant et animé, se dressa de toute sa hauteur. Ses ailes se déployèrent à demi et frissonnèrent: son col se tendit avec raideur. Mansour, averti par son oiseau, regarda dans la direction marquée par le faucon, et aperçut un beau lièvre qui détalait dans une clairière enveloppée d'alfa.

— Arneb! arneb! bahi! haou!(¹) cria le vieux Sahraoui se hâtant d'enlever les chaperons de ses oiseaux.

— Arneb! arneb! répétèrent les chasseurs les plus rapprochés, et cinquante cavaliers s'élancèrent à fond de train, et une douzaine de faucons fondirent à plein vol à la poursuite du lièvre qui, débusqué dans un terrain favorable à sa fuite, se jeta dans un fourré où il parvint à se blottir. Alors, on vit les faucons, qui s'étaient élevés dans les airs, tournoyer, s'abattre et s'enlever de nouveau au-dessus des bouquets d'alfa, tan-

(¹) *Arneb*, lièvre, *bahi*, le voilà.

dis que d'autres oiseaux, ceux qui avaient suivi le gibier en rasant la terre, erraient à l'aventure comme des chiens dépistés.

Ce fut Ghrellab qui relança le lièvre en entrant dans le fourré.

Aussitôt, les cris redoublèrent, les chevaux bondirent au retentissement des éperons([1]); les faucons, excités par des appels, fondirent en peloton sur le lièvre, qui, aveuglé par ce nuage de plumes, fit un crochet et se précipita sous le ventre du cheval de Mansour; là, le malheureux s'arrêta, demi-mort de frayeur. Les faucons, traversant le pêle-mêle des cavaliers, indifférents aux cris, aux bonds, aux gestes, se jetèrent à plein vol entre les jambes du cheval. Mais au moment où ils allaient atteindre le lièvre, celui-ci profita d'un écart du cheval, et, par un effort désespéré, put se glisser dans une broussaille voisine, où ses ennemis ne lui laissèrent pas le temps de se reposer. Débusqué de nouveau, il se décida résolument à une course de vitesse, prit en plaine, et se dirigea, en détalant sur le sable, vers un petit bois de térébinthes.

La chasse devint, alors, vraiment magnifique. Tous les cavaliers partirent comme des flèches, et il était étrange de voir les biâzes, ces écuyers

---

([1]) Les Arabes portent l'étrier très court, et le frappent de leurs éperons massifs lorsqu'ils veulent exciter leurs chevaux sans les piquer.

des nobles oiseleurs, galoper bride abattue, franchir les obstacles, se croiser, en tous sens, avec d'autres chasseurs, appeler, crier, gesticuler sans abandonner leurs oiseaux qui, cramponnés aux poings, à la tête, aux épaules, cherchaient le gibier d'un œil sanglant, les ailes demi-tendues, les serres crispées, se balançant, avec le cavalier, selon les brusques oscillations que leur imprimait cette course à tout hasard dans une plaine sans limites.

Trois faucons ne tardèrent pas à dépasser leurs rivaux, et à faire preuve de race. Ils se précipitèrent, tout d'un trait, de manière à gagner le lièvre au vent; puis, comme obéissant à une manœuvre, ils firent volte-face par une gracieuse culbute, revinrent avec furie à la rencontre du gibier, et s'abattirent sur lui en cascade, d'une hauteur de soixante à quatre-vingts pieds, en le couvrant de leurs plumes. Le lièvre fit un bond prodigieux, retomba sur le sable, et repartit à la dérive, courant çà et là. Évidemment, le malheureux avait perdu la tête. Des trois faucons, l'un gisait sur le dos, à quelques pas du lieu où il s'était abattu; un autre flottait avec hésitation à quelques pieds de terre, et semblait lutter contre la souffrance; mais le troisième remontait droit dans les airs avec une infatigable vigueur. Aux applaudissements enthousiastes des cavaliers, il recommença, seul, l'audacieuse et savante manœuvre, qui consiste à dépasser le gibier, à revenir sur lui et à le frapper en pleine tête.

Comme on peut le croire, de vives contestations avaient précédé, accompagné et suivi la première attaque des trois faucons. Mansour, Ghrellab, le vieux Sahraoui, Kaddour, Mohammed et d'autres chasseurs réclamaient, chacun pour son oiseau, la gloire de l'action en général, et l'honneur du coup porté.

— Bien! très bien, mon oiseau, mon oiseau bleu!... tu es mon fils, je te reconnais à ta vaillance.

— C'est le mien qui a frappé.

— Tu mens! c'est le mien... c'est Ghrellab.

— C'est Mansour.

— C'est Debbah, le rouge.

— C'est Ben-Naceur, l'indompté.

— C'est le chérif.

— Comme *il pleut* sur la proie!

— Hé, Mohammed, rappelle donc tes chiens qui s'égarent.

— Aboie, toi-même, Kaddour, pour annoncer la curée à tes aveugles.

— Ouih! ouih!

— Haou! haou... ici, mon fils.

— Que les braves se montrent! Voici le jour de la vérité.

Tous ces cris aigus jetés avec une folle ivresse, dans une mêlée confuse, remplissaient une scène digne d'un pinceau magique.

— Silence écoliers, s'écria le vieux biâz Sahraoui, respectez le victorieux, l'oiseau de Si-Mansour le noble... Rappelez et ramassez les vaincus.

C'était, en effet, le faucon de Sahraoui qui venait de briser le crâne du lièvre d'un coup d'ongle terrible, et se penchait sur sa proie pour lui dévorer les yeux.

Cette chasse avait duré quinze minutes environ. Sahraoui reprit son faucon, l'embrassa avec les démonstrations d'une tendresse paternelle, saigna le lièvre, fit boire de son sang tout chaud à l'oiseau auquel il donna quelques becquées de chair palpitante avalées avec une voracité de bon augure.

Mohammed ramassa son faucon qui était resté sur le sable, évanoui par la violence du coup qu'il avait porté; il le frictionna en pleurant, le croyant mort, et poussa des cris de joie lorsqu'il le vit ouvrir les yeux et revenir à la vie. Kaddour et tous les autres cavaliers qui avaient des oiseaux engagés, mais dispersés, les rappelèrent sur le leurre, et on se remit en quête de nouveaux lièvres.

En moins d'une heure, quinze lièvres furent lancés et pris. A la grande satisfaction de Ghrellab, ses jeunes écuyers eurent belle part du succès, et, sur l'avis de Sahraoui, il les adopta tous pour ses biâzes attitrés.

El-Mansour, tout en se livrant avec entrain

à la chasse, appuyait sur sa gauche pour enga-
ger ses cavaliers dans une direction opposée à
celle qu'on avait prise au départ. Ghrellab le
secondait dans son mouvement de conversion,
lorsqu'un des chefs s'écria :

— Nous ne trouverons plus de lièvres si nous
quittons ces parages.

— Ces braves oiseaux, répondit Mansour, ont
fait leurs preuves contre le lièvre, il serait bon
d'essayer leur courage contre l'outarde, c'est là
un ennemi véritable (¹). Qu'en penses-tu, Sahraoui ?

— L'outarde, répondit le vieux biâz, se défend lorsqu'on l'attaque à terre; son vol puissant
entraîne et perd, souvent, les faucons les mieux
dressés. Nul oiseleur n'a triomphé, s'il s'est con-
tenté d'une victoire sur le poil des poltrons de
l'alfa... Je réponds de mes enfants.

Ces mots étaient à peine prononcés que l'un
des chasseurs signala une bande de douze outardes qui couraient, sans se hâter, à travers des
bouquets de drine (²).

— Allons, Kaddour et Mohammed, dit Ghrel-

(¹) L'outarde du Sahara, en arabe *houbara*, est l'outarde à huppe, de Buffon, de l'ordre des échassiers; sa
longueur commune varie de deux pieds et demi à trois
pieds. Le plumage supérieur est d'un roux jaunâtre rayé
de noir; le ventre est blanc. Sa chair, mi-partie noire et
blanche, est exquise.

(²) Chiendent à longues tiges.

lab, déchapperonnez et lâchez l'un après l'autre deux faucons sur ces oiseaux ; entrez en fonctions par un exploit.

Kaddour leva le poing au-dessus de sa tête, montra le gibier à son faucon en le balançant, et l'excitant par des éloges, puis il le lança dès qu'il eut la vue.

Les outardes se rassemblèrent en un groupe compact, dès qu'elles virent arriver le faucon. Elles firent tête, en masse, comme des bœufs attaqués par un loup, hérissèrent leurs collerettes, déployèrent leurs ailes et prirent, par des haut le corps, l'attitude de coqs se préparant au combat.

Le faucon plongea plusieurs fois sur le troupeau sans s'abattre. Il fit ainsi plusieurs passes d'un vol rapide et gracieux, s'abandonnant avec un semblant d'audace, se relevant au moment de frapper le but, avec l'élasticité d'une balle qui rebondirait sur le sol. A chacune de ces passes, les outardes *se rasaient*, puis se redressaient avec menaces.

— A toi, Mohammed, cria Ghrellab à son biâz, envoie du renfort à notre fils.

— C'est un sage parti, murmura le vieux Sahraoui à l'oreille de Si-Mansour, car nous n'en aurions pas fini de longtemps avec cet humiliant spectacle.

L'oiseau de Mohammed, qui trépignait d'impatience sur le poing de l'écuyer, s'enleva d'un

violent coup d'aile et pointa droit sur le groupe.
Les outardes, effrayées de se voir prises entre
deux attaques, s'envolèrent dans toutes les directions.

Le premier faucon qui avait, pour lui, et l'a-
vance et le vent, tomba comme la foudre sur
une outarde à sa portée, et, du premier coup
de sa serre droite, il lui cassa une aile. L'outarde tournoya deux ou trois fois sur elle-même
en s'abattant; mais elle n'avait pas encore touché
terre, que l'oiseau triomphant l'avait saisie par le
cou. Ils arrivèrent en paquet sur le sable, le
faucon conservant, toutefois, l'avantage, c'est-à-
dire le dessus (¹). Kaddour, qui s'était précipité
au secours de son oiseau, s'empara de l'outarde
aux applaudissements de tous les chasseurs, y
compris le vieux biâz, décidément résolu à en-
courager la jeunesse.

Restait le faucon de Mohammed que les outardes dispersées entraînaient à perte de vue. Mohammed, effrayé à la pensée de perdre son combattant de prédilection, partit à fond de train en
criant : Ouih! ouih! haou! haou! L'oiseau, échauf-
fé, ambitieux, acharné, n'écoutait ou n'entendait

(¹) Si le faucon s'abat sous l'outarde, celle-ci le couvre
d'un jet de liqueur corrosive qui, le frappant aux yeux,
l'aveugle ou le salit de telle sorte que, si on ne se hâte
pas de le laver, ses plumes collées le mettent momentané-
ment hors de service. C'est la défense suprême de l'outarde.

pas le rappel. La chasse entière s'était précipitée, sur un signe de Si-Mansour et de Ghrellab, dans la direction prise par le faucon. Les
outardes poursuivies avaient une grande avance;
leur vol, pesant au départ, se développait de minute en minute, et, pour surcroît de malheur, les
biâz aperçurent un point noir qui planait dans
les nues. Ce point noir, c'était un aigle, objet
d'effroi pour les faucons, qui, à la rencontre du
roi des airs, perdent la tête et s'enfuient sans
qu'il soit possible de les ramener au leurre.

Kaddour pleurait et gémissait comme un enfant, sans ralentir le galop précipité de son cheval. En tête de tous les chasseurs, Ghrellab suivait son biâz. Les outardes étaient sauvées, grâce à l'intervention de l'aigle, qui avait détourné
leur terrible ennemi. Le faucon vint, dans son
vol effaré, à la rencontre des cavaliers. Kaddour
redoubla ses cris; l'aigle, qui allait tomber sur sa
proie, marqua un temps d'arrêt comme pour observer la situation, et, d'un majestueux coup d'aile,
il décrivit, à grande portée de fusil, un cercle
immense sur la tête de Kaddour qui lui montrait le poing et lui lançait injures sur injures.

Ghrellab arma son fusil, arrêta son cheval,
ajusta l'aigle, fit feu, et le noble animal tomba
sur le sable sans jeter un cri. La balle du cavalier qui passait, à bon droit, pour le plus habile tireur du Sud, avait brisé la tête de l'oiseau
de proie que Kaddour ramassa et déchira des

ongles et des dents avec la férocité d'une bête
fauve.

La chasse venait de faire plus de quatre lieues.
Kaddour poursuivait et rappelait toujours son faucon. Mansour et Ghrellab, arrêtés dans un bas-
fond, s'entourèrent de leurs cavaliers.

— O mes fils, dit Mansour, nous allons, encore une fois, changer de gibier; vous voyez ces
immenses troupeaux qui broutent au loin le drine
et l'alfa. Les bergers nous ont aperçus, et comme ils appartiennent à des familles impies, aux
fils de Mimoun, qui pactisent avec les chrétiens
soit directement, soit par des affiliés, comme ce
sont gens du Tell, impurs par le cœur, la mollesse et l'impiété, je me déclare l'instrument du
Dieu vengeur, et je vous livre les richesses de
ces maudits! Aux fusils! aux fusils! enfants du
chérif... Lancez vos chevaux, razez le pays, en-
levez tout ce que vous pourrez prendre, et tuez
tout ce qui vous résistera.

Une clameur immense répondit à cette exci-
tation, et tous ces cavaliers, jusqu'alors occupés
de leurs plaisirs, s'élancèrent à la razzia, avec
cette furie, cette soif de carnage et de butin qui
font de l'Arabe le plus calme un démon déchaîné.

IV

Les pasteurs des Oulad-Mimoun observaient depuis long-temps avec défiance cette troupe de cavaliers que les hasards de la chasse amenaient de leur côté. La vue perçante de l'Arabe n'avait pas tardé à saisir les brillantes étincelles qui jaillissaient des armes des chasseurs, et ils en avaient aussitôt pris l'alarme.

— Les Djouades! les Djouades! (¹) s'écrièrent-ils d'abord, les uns aux autres, comme pour se rassurer mutuellement sur les intentions pacifiques des cavaliers de Sidi-Mansour. Mais, en les voyant arriver bride abattue et le fusil haut, ils ne se firent plus illusion. Pour eux, et sans aucun doute, les nobles chasseurs n'étaient que de coupeurs de route, de hardis maraudeurs décidés au meurtre aussi bien qu'au pillage.

Alors, les malheureux, désarmés pour la plupart, s'efforcèrent de rassembler leurs bestiaux et de les pousser en avant. Ils déployèrent dans cette action précipitée, ce zèle, cet instinct, cette vigueur et cette célérité que nous admirons dans l'infatigable dévoûment des chiens de nos bergers d'Europe. Mais il était trop tard! Les gens

(¹) Les nobles! les nobles! sous-entendu gens de faucon.

des douars (¹) les plus proches, avertis par de·
rapides coureurs, sautèrent sur leurs armes, mon-
tèrent à cheval et vinrent, bravement, quoique en
petit nombre, à la rencontre de l'ennemi. Le
choc fut rude, mais court et décisif. Ghrellab
porta les premiers coups en s'écriant :

— Arrière, fils du péché, je suis Ghrellab ;
ne me reconnaissez-vous pas? Je suis Ghrellab,
et les balles s'aplatissent sur mon front.

Ceux qui entendirent cette insolente bravade
prirent la fuite, car Ghrellab était connu des fron-
tières du Tell aux limites du Soudan pour un
guerrier terrible, sans peur et sans pitié. On disait, de lui, que c'était un cavalier échappé de
l'enfer, fils de Satan le lapidé, invincible et in-
vulnérable.

Mansour, de son côté, dédaigna de combattre
uue résistance trop faible pour l'arrêter. Suivi
d'une cinquantaine de cavaliers, il tourna, ventre
à terre, les troupeaux mis en fuite et poussés à
grands cris par leurs propres bergers ; se rabat-
tant par une volte concentrique, il vint barrer
le chemin aux mehara, aux chameaux, aux bœufs
et aux milliers de moutons et de chèvres qui se
précipitaient en désordre vers les douars. Alors,
les maraudeurs firent rebrousser chemin aux ani-
maux par des décharges d'armes à feu, des hur-

(¹) Le douar est le champ occupé par une fraction de
tribu.

lements, des imprécations et des coups. Ils déployèrent à cette besogne, tout cavaliers nobles qu'ils étaient, tant de ruse, d'adresse et de savoir, qu'en un instant, la masse compacte de sept à huit mille têtes de bétail, fatiguée de piétiner sur place, ahurie par le vacarme, enveloppée de nuages de sable, se précipita vers le sud, seule direction laissée libre, et s'y porta, poussée par la terreur, avec la vitesse, avec l'impétuosité du flot chassé par la tempête.

Les Mimoun avaient laissé une vingtaine des leurs dans les broussailles, et quoique ceux-ci fussent morts vaillamment, leurs frères, dépouillés et ruinés, les ramassèrent avec moins de larmes qu'ils n'en donnèrent à leurs troupeaux qu'un voile épais de poussière signalait encore, mais bien loin, comme une tache rouge et jaune à l'horizon. Dans la folle douleur qui dévorait leur âme, ils ne virent pas un cavalier nègre monté sur un magnifique cheval noir, qui, venu sans doute des pentes des hauts plateaux, galopait le corps penché en avant, ses longs éperons ([1]) tachés de sang, l'œil en feu, la bouche entr'ouverte pour aspirer l'air que fendait son front d'ébène. Ce cavalier courait comme s'il eût poursuivi les gens de Si-Mansour et de Ghrellab. Il venait de passer à peine à hauteur des Mimoun, que déjà

([1]) Ces longs éperons, retenus par une courroie mobile qui enveloppe le coude-pied, sont appelés *chabirs*.

il était loin. Ils le virent alors ; mais bientôt après ce n'était qu'un point noir sur le sable, et ce point noir fuyait si vite qu'il paraissait sauter par-dessus les dunes, comme une épave couronnant successivement les vagues irritées qui la soulèvent, l'abandonnent, la couvrent, la ressaisissent et se la rejettent de l'une à l'autre sans pouvoir l'engloutir.

Lorsque le nègre atteignit la queue des troupeaux ; il y trouva Ghrellab, qui, toujours aux postes périlleux, tenait l'arrière-garde pour faire face aux retours offensifs qu'auraient pu tenter les Mimoun.

— Eh bien! Debbah, cria le brillant cavalier, est-ce par plaisir ou par nécessité que tu crèves ainsi mon meilleur cheval ?

Sans répondre, Debbah étendit une main dans la direction que les Djouades avaient suivie au début de la chasse, et il continua de galoper jusqu'à ce qu'il se fût placé côte à côte avec Ghrellab.

Là, le nègre prit le pas, et but avec avidité quelques gorgées d'air pendant que son cheval, couvert d'écume, enflait et vidait ses naseaux frémissants.

— Que se passe-t-il? demanda Ghrellab, inquiété de l'espèce de terreur qu'il voyait flotter sur le front luisant du cavalier.

— Les chrétiens, les spahis, les pantalons rouges, répondit le nègre. Et il tourna la tête en arrière et à gauche comme pour voir si ceux qu'il annonçait se montraient déjà.

— Tu as rêvé, tu rêves encore, s'écria Ghrellab, le sourire aux lèvres.

— Tiens, Seigneur, dit le cavalier en soulevant son kaïck, et il montra une traînée de sang qui courait de sa mamelle droite à sa hanche.

— C'est une blessure grave, reprit Ghrellab; comment as-tu pu fournir ta course?

Le nègre secoua la tête, leva un doigt vers le ciel et répondit:

— Le corps du *mekatib* (¹) est dur, le fer de la lance, le plomb du fusil et le tranchant du sabre ne font que l'effleurer. Ma blessure n'est pas profonde; mais, crois-moi, abandonne ce troupeau et fuis, puisqu'il en est temps encore... Le malheur arrive, la mort est derrière toi.

— Ce troupeau m'appartient, je l'ai conquis avec l'aide de Dieu et de Si-Mansour.

— Ce troupeau, fût-il fort d'un million de mehara, ne vaudrait pas une année de ta vie, et c'est ta vie entière que tu vas perdre... Comme toi, le pieux Mansour est condamné s'il attend...

(¹) D'après le code de l'esclavage chez les musulmans, le *mekatib* est un esclave auquel son maître a promis la liberté moyennant rachat, mais qui ne s'est pas encore libéré. En d'autres termes, c'est un esclave qui n'a pas encore soldé le prix de sa *ketaba* ou fixation de la somme acceptée, par lui, pour son rachat.

— Je resterai, interrompit brusquement Ghrellab.

Puis il ajouta d'un ton sévère :

— Je t'ai envoyé à la découverte ; dis-moi ce que tu as vu, ce que tu as fait, et garde tes conseils pour les hommes timides ou pour les femmes.

— Je ne pourrais pas te dire ce que j'ai fait, seigneur, répondit humblement Debbah, le temps a marché trop vite. Quant à ce que j'ai vu, tu vas le voir par tes yeux... Tiens!... regarde ces colonnes de poussière qui viennent à nous comme des géans...

— Par la gloire du prophète! c'est vrai, s'écria Ghrellab. Attends-moi là, je vais revenir. Ce jour est béni, mekatib, belle chasse! beau butin, beau combat.

— Belle mort! murmura le nègre en voyant son seigneur s'éloigner joyeux et triomphant... Belle mort! répéta-t-il, car, je le connais, il ne sait pas fuir, et se fera tuer.

Ce cavalier nègre, ce nouveau personnage que nous mettons en action, occupera trop de place dans notre récit pour que nous ne nous arrétions pas, un instant, à le considérer. Il offre, d'ailleurs, dans sa physionomie, dans son ensemble matériel et moral, un type original qu'il est bon de signaler dans cette étude de mœurs copiée d'après nature.

Commençons par son nom.

En arabe, le mot *Debbah* est plutôt une qua-
lification qu'un nom propre. Debbah veut dire,
comme signification générale, sanguinaire par instinct, égorgeur, tueur d'hommes. Pour traduire
ce mot dans toute sa portée, il faudrait aller
chercher une expression de l'argot révélé par un
roman fameux. Debbah était un *chourineur*, et
ce que la plume ne dit qu'avec hésitation, son
visage le disait hardiment. C'était une bête féroce
à figure humaine; mais cette figure inspirait le
dégoût ou la terreur, selon le courage de celui
qui la contemplait.

De taille élevée, d'une vigueur musculaire sans
rivale, d'une audace insolente dans le danger,
d'une adresse incomparable à tous les exercices
du corps, Debbah se serait cru le roi des hommes et de la création, si Ghrellab, Mansour et
le chérif Ben-Abdallah ne s'étaient pas mis au-
dessus de lui, dans sa propre estime, autant par
l'ampleur de leur intelligence que par le rayon-
nement de leur piété. Aux yeux du farouche et
superstitieux fanatique, ces trois chefs n'avaient
d'humain que la forme; ils appartenaient à la
légion céleste et ne vivaient, sur terre, que pour
servir de modèles et de tuteurs aux enfants
de l'islam.

Ghrellab surtout exerçait sur Debbah une pro-
digieuse influence. Le faste, l'intrépidité, les exploits guerriers, la rudesse mêlée d'indolence de
ce grand seigneur de la plaine, son mépris de

la mort, étrangement allié à de voluptueuses et insatiables ardeurs, fascinaient l'esprit ignorant mais enthousiaste de Debbah, qui admirait son maître et le servait à deux genoux.

Debbah avait une face de taureau, carrée au sommet comme à la base, et noire de cette teinte de jais qui fait la beauté du nègre. Ses sourcils épais se joignaient presqu'en ligne droite à la naissance du nez. Ses narines larges et aplaties, ses yeux ronds et à fleur de tête, ses muscles tendus révélaient sa puissance physique. Le fauve regard de cet homme nageait dans le blanc mat de ses prunelles encadrées de paupières pesantes, où le noir était sinistre, où le rouge était sanglant. Ses dents étaient larges, tranchantes et d'un blanc de porcelaine. Par bizarrerie de la nature, et comme si elle eût voulu qu'on se défiât de son ouvrage, deux dents canines dépassaient, de chaque côté de la bouche, la lèvre inférieure, chassaient en dedans la lèvre supérieure et se montraient comme les deux crocs aiguisés d'un sanglier.

Debbah était le *chaouch* en chef des commandements publics et des volontés secrètes de Sidi-Ghrellab. Ses tempes et ses joues couturées, les crochets pointus dont sa bouche était armée signalaient son origine. Né bien loin du Tell et même du pays habité par les races de sang mêlé qui avoisinent le Sahara algérien, on l'avait amené, presque enfant, sur le marché d'esclaves de l'oasis

de R'ât chez les Touareghs. Là, il avait été vendu
à vil prix, parce qu'il venait du *Zendj*, contrée
rapprochée du Niger, et peuplée de nègres an-
thropophages, disent les voyageurs, les marchands
et les chefs de caravanes.

Un homme du caractère aventureux de Ghrellab pouvait seul se risquer à faire l'acquisition
de cet esclave. Il n'eut pas à s'en repentir, car,
s'étant appliqué à le former, il en fit un serviteur capable de tout entreprendre sur un mot,
sur un signe de son maître, pour le bien comme
pour le mal, pour le bien par hasard, et pour le
mal par penchant. Instruit dans l'islamisme, Debbah, qu'on appelait alors Barka, ne comprit que
les enseignements farouches du prophète, et ne
se donna pas la peine de sonder leur morale.
En peu de temps, il fut d'un fanatisme qui, ser-
vant à souhait les projets de Mansour et de Ghrellab, les satisfit amplement. Ghrellab en fit l'instrument de son despotisme, de ses violences et il
l'employa dans les coups de main, les razzia, les
rapts, les aventures de toutes sortes auxquelles
il devait son opulence, sa renommée terrible et
l'éclat désastreux de son autorité chez les nomades où il menait, lui-même, une vie errante. Lorsque Ghrellab crut voir dans son esclave un homme
complet, selon les maximes que nous lui connaissons, il lui donna le seul nom qui dût lui
convenir, il l'appela Debbah, et le nom fut, main-

tes fois, justifié dans toute sa redoutable 'signification.

Nous verrons, dans le cours de cette histoire,
si l'élève avait dépassé ou seulement atteint le
maître; si le bandit venu d'Europe avait complètement réussi à pervertir le sauvage arraché des
forêts africaines; s'il ne restait pas au fond du
cœur du nègre ce qu'on aurait en vain cherché
dans l'âme du blanc: le germe de la honte et du
repentir.

Debbah était, avons-nous dit, un esclave *mekatib*. En effet, Ghrellab avait voulu récompenser
son serviteur, à la suite d'une expédition impor-
tante, et lui avait parlé ainsi:

— Voilà douze ans que tu me sers avec discrétion, respect, zèle et vaillance. Quand je t'ai
pris sur le marché de R'at, tu étais nu et mou-
rant de faim. Nul ne voulait de toi, à cause de
ta détestable origine. Tu étais un danger pour
les familles. Les appétits féroces de tes pères
pouvaient se réveiller, un jour, en toi; tu faisais
peur. J'ai bravé le préjugé, je t'ai mis près de
ma personne, tu as grandi à mon ombre, et, en
fidèle croyant, tu as eu pour moi la piété d'un
bon fils pour son père, tu n'as été terrible que
contre mes ennemis. Ton père et ta mère t'ont
vendu aux marchands juifs pour un panier de
dattes...

— Non, interrompit Debbah, je n'ai pas été
vendu, j'ai été enlevé par des cavaliers. Ma mère

m'aimait, elle chantait pour m'endormir sur ses genoux... Qu'est-elle devenue, si elle n'est pas morte de désespoir... Je ne pourrai jamais l'oublier...

— Soit! reprit Ghrellab, il n'en est pas moins vrai que ni ta mère ni ton père ne sont venus à ton secours, et qu'à moi seul je t'ai servi de famille.

— Aussi suis-je le fils de Sidi-Ghrellab, qui a fait de moi un homme, et de Si-Mansour qui a fait de moi un musulman.

— Et il est temps que je te récompense de tes services, continua Ghrellab. Je veux que tu sois libre après rachat. Dès à présent, tu es donc *mekatib*.

Debbah jeta un cri rauque, sauvage et puissante expression, tout à la fois, du bonheur qui l'enivrait. La liberté à laquelle il n'avait jamais osé penser pour lui-même, brillait à ses yeux éblouis comme un mirage.

— Quelle somme fixes-tu, Seigneur? demanda-t-il d'une voix troublée.

— Tu vaux beaucoup d'argent, mon fils; mais tu connais ma générosité.

— Oui, je l'ai souvent admirée.

— Eh bien! le mekatib sera définitivement libre lorsqu'il m'aura débarrassé de mon plus grand ennemi.

Les yeux de Debbah se renversèrent, ainsi qu'il lui arrivait dans ses moments d'extase. Sa face, alors, devenait effrayante; il n'y avait que du blanc sous ses paupières, et il grinçait des dents comme un tigre affamé.

— Où se cache ton ennemi? demanda-t-il.

— Je le cherche.

— Son nom?

— Je ne le connais pas.

— C'est un homme?

— Peut-être.

Cette dernière réponse, indice effrayant de la perversité de Ghrellab, était trop profondément calculée pour l'esprit grossier du mekatib. Il demeura comme abasourdi.

— Ne réfléchis pas, reprit Ghrellab; ce qui m'a plu en toi jusqu'à ce jour, c'est que mes commandements ou mes désirs t'ont constamment trouvé prêt à une aveugle et muette obéissance. Le prophète l'a dit: ,,L'homme de bien ne voyage jamais sans avoir, le suivant pas à pas dans son ombre, un ennemi mortel dont rarement il se défie. ,,Quand je parlerai, tu agiras. Je ne t'en demande pas plus. Jusqu'alors, réjouis-toi, l'avenir t'appartient.

FIN DU TOME DEUXIÈME.

Naumbourg, imprimerie de G. Paetz.

www.ingramcontent.com/pod-product-compliance
Lightning Source LLC
Chambersburg PA
CBHW061328050726
47504CB00013B/1542